MON CHÈQUE

DU MÊME AUTEUR
CHEZ POCKET

LE MAHABHARATA
LA CONTROVERSE DE VALLADOLID
MON CHÈQUE

CONTES PHILOSOPHIQUES DU MONDE ENTIER

LE CERCLE DES MENTEURS 1 & 2

OUVRAGES EN COLLABORATION :

LA FORCE DU BOUDDHISME
avec Sa Sainteté le DALAÏ-LAMA

LES FANTÔMES DE GOYA
avec MILOŠ FORMAN

Jean-Claude Carrière

Né en 1931, Jean-Claude Carrière est normalien et a suivi une formation d'historien. En 1957 paraît son premier roman, *Lézard.* Parallèlement, il commence une carrière de scénariste qui l'amène à collaborer avec les plus grands cinéastes, comme Luis Buñuel (*Belle de Jour*, *Le charme discret de la bourgeoisie*), Volker Schlöndorff (*Le tambour*), Jean-Luc Godard (*Sauve qui peut la vie*) ou encore Miloš Forman (*Valmont*). Il a aussi été dramaturge et adaptateur, en travaillant notamment avec Jean-Louis Barrault et Peter Brook (*Le Mahabharata*). Romancier, auteur de *La controverse de Valladolid* (1992) et *Simon le mage* (1993), il a contribué aussi bien au *Dictionnaire de la bêtise* (1992) qu'à des entretiens sur le mysticisme et la métaphysique, avec *La force du bouddhisme* (1994), *Conversations sur l'invisible* (1996) ou les *Entretiens sur la fin des temps* (1998). Après avoir raconté son enfance languedocienne dans *Le vin bourru* (2000) et éclairé une période charnière de la société à la lueur de ses souvenirs dans *Les années d'utopie* (2003), Jean-Claude Carrière révèle une autre facette de son talent dans *Les à-côtés, Chroniques matinales* (2004), *Les fantômes de Goya*, en collaboration avec Miloš Forman (2007), *Le Cercle des menteurs* (2008) ou encore le *Dictionnaire amoureux du Mexique* (2010). Après *Mon chèque* et *Audition,* parus en 2010, *Buñuel dans sa tombe joyeuse* est son dernier ouvrage publié en 2011.

JEAN-CLAUDE CARRIÈRE

MON CHÈQUE

PLON

Le papier de cet ouvrage est composé de fibres naturelles, renouvelables, recyclables et fabriquées à partir de bois provenant de forêts plantées et cultivées durablement pour la fabrication du papier.

ISBN : 978-2-266-21245-8

1

J'arrive, j'ai rendez-vous, le producteur me reçoit presque à l'heure dite, j'entre dans son bureau, nous nous serrons la main, je m'assieds (il m'y invite), il se cale dans son fauteuil américain à bascule en cuir tabac et nous échangeons aussitôt les paroles de circonstance : je vais assez bien, ma famille va, il ne va pas très bien, toujours ses problèmes d'estomac, et puis sa femme qui, et ses enfants que.

Paysage connu.

Après une dizaine de minutes ainsi évaporées, tandis que je m'interroge déjà sur le temps qui passe, sur ces moments précieux et cependant perdus, il me demande enfin les raisons de ma présence là, aujourd'hui, dans son bureau, à Paris. Vous avez voulu me voir ? me demande-t-il, souriant, aimable. À ma disposition, se dit-il.

— Asseyez-vous.

— Merci.

Je ne m'assieds pas, car je suis déjà assis (il demande souvent aux gens de s'asseoir, alors qu'ils sont déjà assis, il est comme ça, son esprit souvent déambule). Et je lui déclare, en une seule phrase bien préparée, que, renonçant à téléphoner une fois de plus, geste inutile, je suis venu m'informer directement auprès de lui, à propos de mon chèque.

— Quel chèque ? me demande-t-il aussitôt, l'œil préoccupé.

— Celui qui était prévu à la remise du scénario, il y a six semaines.

— Il y a six semaines ?

— Et quatre jours.

— Vous êtes sûr ?

— Oh, oui ! Tout à fait sûr. C'est écrit dans le contrat. Cela devait être fait au plus tard le 10 octobre.

— Le 10 octobre ?

— Oui.

— Et nous sommes ?

— Le 29 novembre.

— Et vous n'avez rien reçu ?

— Rien.

— Comment est-ce possible ?

— Justement, je ne sais pas.

Il appelle aussitôt, sur son interphone :

— Jacqueline ! Vous pouvez venir une minute ?

Jacqueline arrive quelques moments plus tard, un petit calepin à la main, avec un crayon à mine, à l'ancienne. Elle doit avoir cinquante-cinq ans, elle est ronde comme une tour vivante, elle porte avec constance une robe noire et des escarpins à talons pointus. Sa taille est enserrée dans une ceinture mince en vernis noir, un peu trop serrée (bourrelets). Ses cheveux sont teints en blond vénitien avec mèches sombres, tout son visage est botoxé, ce qui laisse soupçonner qu'elle est plus vieille que nous pourrions le croire. Un peu vulgaire, un peu sévère, autoritaire à l'extérieur – faible dedans ? Rouge à lèvres vif. Tous, au bureau, savent qu'elle dissimule une bouteille de whisky couchée dans le tiroir du bas, sous divers papiers, et que de temps en temps elle s'en tape une lampée, dans un petit gobelet métallique.

Elle est Jacqueline l'indispensable.

Sa petite chienne blanche à longs poils, qui s'appelle Greta et qui est une geignarde, traîne comme d'habitude entre ses pieds et la fait trébucher, souvent. C'est une chienne qui n'est pas faite pour ces talons-là.

— Oui ? dit-elle au producteur, son patron, après m'avoir aimablement salué.

— Nous devons un versement à M. Dumas ?

— Il faudrait que je vérifie, dit Jacqueline.

— Eh bien, vérifiez s'il vous plaît, dit le producteur, et nous ferons tout de suite le nécessaire.

— Je vais voir ça.

— Nous serions en retard de six semaines.

— Ça m'étonnerait, dit-elle, mais je vérifie.

— Merci, Jacqueline.

— Rien d'autre, monsieur ?

— Pas pour le moment.

Jacqueline et Greta sortent, l'une après l'autre.

Je ne sais que faire : dois-je attendre ? Le producteur a visiblement d'autres rendez-vous. Les gens qui le connaissent parlent de son « activité fébrile ». Certains le considèrent même comme un « agité ». Il converse maintenant au téléphone avec un correspondant étranger, en anglais, il est occupé. Je suis sans doute indiscret. Et gênant.

Tant pis. Je reste là, dans un fauteuil raide, regardant sur les murs des photographies et des affiches que je connais sur le bout de l'œil : les films de la maison. Pas tous glorieux. Des revolvers pointés, des seins surélevés. Tout ce qui généralement me fait fuir.

Jacqueline, heureusement, revient quatre ou cinq minutes plus tard. Elle dit au producteur, du pas de la porte, Greta emmêlée dans ses pieds :

— Vous savez que j'ai les contrats allemands à finir ?

— Oui, et alors ?

— Je n'aurai pas le temps de m'occuper de M. Dumas aujourd'hui. Il est déjà cinq heures et demie, et si vous voulez que les contrats partent ce soir…

— Je comprends, je comprends, dit le producteur, en posant une main sur son téléphone (« *I'm sorry, just a minute* »). Et vous pourrez faire ça quand ?

— Demain ou après-demain, je pense. Il faut que je trouve un moment. Plutôt après-demain, pour être tout à fait sûre.

— Bien, dit le producteur.

Il se tourne vers moi et me demande à voix basse :

— Vous pouvez revenir après-demain, ou ça vous pose un problème ?

Je demande à mon tour :

— À quelle heure ?

— Venez quand vous voudrez, je serai toujours là pour vous.

— Dans l'après-midi ?

Jacqueline lève alors une main, celle qui tient le crayon, et lui dit, en repoussant Greta d'un léger coup de pied :

— Après-demain, vous êtes à Londres.

— Pour y faire quoi ?

— Je ne sais pas. Vous êtes chez Sam.

— Ah, oui ! Et je reviens quand ?

— Le lendemain soir.

— Alors venez le surlendemain, me dit le producteur, qui paraît impatient de poursuivre sa conversation téléphonique (« *Yes, yes, don't hang up, please* »). Venez quand vous voudrez. Nous réglerons ça.

— Le surlendemain est un dimanche, dit Jacqueline.

— Bon, alors venez le lundi !

— Lundi à quelle heure ?

Le crayon de Jacqueline se dresse une fois encore et elle dit, institutrice :

— Lundi, vous partez à Rome à quinze heures. Et le matin, vous avez les distributeurs argentins. Ça fait plusieurs fois que je vous le dis.

Énervé (quand il est énervé, il passe à plusieurs reprises sa main gauche dans ses cheveux, qu'il porte assez longs et qui ondulent du beige au blanc), il termine en quelques phrases son *business talk*, il aime bien employer ces mots-là (« *We'll talk about it later, Pete, I'll call you back* »), puis il raccroche, se penche vers moi et me dit, en me regardant de telle sorte que je comprenne que, par mon intrusion, je viens probablement de lui faire rater quelque bonne affaire :

— Vous savez ce que vous allez faire, Jean-Michel ? Appelez-moi lundi matin et nous prendrons rendez-vous. Six semaines, vous disiez ?

— Et quatre jours.

— Il faut absolument régler ça.

— Très bien, dis-je.

— Appelez lundi avant dix heures, me dit Jacqueline au moment où je quitte le bureau, sinon après il aura les Argentins.

Je dis au revoir à Jacqueline, je l'embrasse même sur la joue, car nous commençons à nous connaître, je donne là aussi des nouvelles de ma famille, je tapote Greta (que je n'aime pas et qui me le rend), je rentre chez moi.

Ma femme me demande : « Quoi de neuf ? », et je lui réponds : « Rien de neuf. » Que lui dire d'autre ?

2

Le samedi et le dimanche passent, le lundi matin j'appelle à dix heures moins le quart, le producteur n'est pas à son bureau me dit la standardiste.

Il doit venir ? Ah, elle n'en sait rien. Parfois il vient, parfois il ne vient pas.

Je demande à parler à Jacqueline, la standardiste me fait attendre cinq ou six minutes, puis elle me reprend et elle me dit :

— Monsieur Dumas ?

— Oui.

— Vous êtes toujours là ?

— Vous voyez bien.

— Je vous passe Jacqueline.

— Merci.

— Allô, Jean-Michel ? (C'est la voix de Jacqueline, elle m'appelle par mon prénom quand nous sommes seuls.)

— Oui.

— Désolée, mais il a dû partir d'urgence pour la Suisse.

— Pourquoi ?

— Il ne me l'a pas dit. Des histoires de famille, je crois, vous le connaissez. Ou de santé. Toujours pareil.

On a beau lui dire de faire attention, de ne pas s'énerver avec sa tension, il n'écoute rien.

— Et les Argentins ?

— Ils s'étaient décommandés, de toute manière. Ils ont raté l'avion.

— Alors, qu'est-ce que je fais ?

— C'est moi qui vous rappelle. Dès qu'il est de retour. Je pense à vous, ne vous inquiétez pas.

— Il reste longtemps en Suisse ?

— Si vous croyez qu'il me confie ces choses-là…

— Vous avez pu retrouver mon contrat ? Vous savez, le…

Elle a déjà raccroché. Sans doute n'a-t-elle pas entendu ma question.

C'est une femme qui a beaucoup de choses en tête. « Trop, peut-être », dit-elle quelquefois.

*

Deux semaines et demie passent sans aucun signe de vie. Il n'est pas dans mon naturel d'insister, ce qui fait dire à ma femme que je suis trop timide en affaires et que ma carrière, qui en est au commencement, en souffre déjà. C'est possible, après tout. Je me décide finalement à rappeler, je prends une voix ferme, je dis qui je suis, je demande à parler directement au producteur. Coup de chance : il est dans son bureau. Autre coup de chance : il me fixe un rendez-vous.

— Venez vendredi à quinze heures. Non, à seize heures. Qu'on en finisse avec cette affaire, venez.

J'arrive le vendredi à seize heures moins dix et je suis reçu à seize heures dix. Rien à dire. Nous nous serrons la main, nous nous demandons de nos nouvelles (les siennes ne sont toujours pas très bonnes, malgré le voyage en Suisse, auquel je ne fais aucune allusion), et le producteur me demande :

— Nous avons rendez-vous pour quoi ?

— C'est pour mon chèque, vous savez ?

— Quel chèque ?

— Celui qui correspondait au versement du 10 octobre. Nous en avons parlé il y a quelque temps, vous vous rappelez ? Il y a environ trois semaines. Avec Jacqueline.

Il appelle immédiatement, d'une voix forte, par la porte restée ouverte :

— Jacqueline !

Deux minutes s'écoulent assez lentement, il se passe la main gauche dans les cheveux, il appelle encore, criant presque, finalement une jeune fille à lunettes et en blue-jeans que je ne connais pas se présente (j'apprendrai un peu plus tard qu'elle est une stagiaire) et déclare, les pieds en dedans :

— Monsieur, Mme Jacqueline n'est pas là aujourd'hui.

— Et où elle est ?

— Elle est à l'hôpital, pour ses examens.

— Ah oui, c'est vrai…

Il réfléchit un assez long moment, soucieux, semblant se demander ce qu'il convient de faire. Puis il dit à la jeune fille :

— C'est tout de même très embêtant pour M. Dumas.

La jeune stagiaire n'a rien à dire à ça. Elle hoche vaguement la tête en me jetant un coup d'œil. Sans doute n'est-elle au courant de rien.

— Très embêtant, répète le producteur.

Et il dit à l'adresse de la stagiaire, avec un petit geste dans ma direction :

— Mettez-vous à sa place.

La jeune fille n'a toujours rien à dire et je la comprends. Elle hoche encore une fois la tête, en me regardant rapidement. Comment pourrait-elle se mettre à ma place ? Mais bon, elle est polie. Elle débute.

Je crois le moment venu de demander :

— Qu'est-ce qu'on fait ?

— Il y a quelqu'un à la comptabilité ? demande le producteur.

— Je peux aller voir, dit la jeune fille.

— Oui, s'il vous plaît.

Elle sort du bureau à reculons, presque sans bruit. Ses pantalons noirs la serrent exagérément, elle est trop grosse, elle le sait sans doute, cependant elle fait comme si.

Je ne connais pas son nom.

Le producteur, qui paraît aujourd'hui d'assez mauvaise humeur, se plaint alors de la qualité déplorable du personnel. Déjà entendu. Souvent. De nos jours, dit-il, on ne trouve plus personne de valable. Quand Jacqueline par malheur n'est pas là, tout fout le camp. Ce n'est plus comme autrefois. D'ailleurs, rien n'est plus comme autrefois. Et après ça on s'étonne que le cinéma français perde petit à petit ses parts de marché.

Cet homme a quelque chose de décalé dans le temps. Je n'arrive pas à le saisir, à le définir. C'est comme s'il vivait naguère, comme s'il voulait singer les producteurs de cinéma des années 1950 ou 1960, ou plutôt l'image que nous avons d'eux. Il n'est pourtant pas très âgé – un commencement de soixantaine – mais il semble imiter, malgré lui sans doute, un personnage un peu dépassé, un temps révolu. Ainsi, il s'acharne à fumer le cigare sans aimer vraiment ça. Le cigare le fait tousser et ses yeux rougissent aussitôt. En plus, ça coûte cher, sans parler de sa tension chatouilleuse.

J'imagine que par moments il est tenté de mettre ses pieds sur son bureau. Mais il se retient.

Je lui demande, pour dire quelque chose :

— Elle ne va pas bien, Jacqueline ?

— Toujours ses ennuis, vous savez bien.

— Non, je n'étais pas au courant.

— Mais si, elle est malade depuis que je la connais. Elle ne vous en a jamais parlé ?

— Non. Qu'est-ce qu'elle a ?

— Des histoires de bonne femme. Toujours pareil. Je ne connais pas les détails. Et puis elle est seule, ça n'arrange rien.

— Sans doute.

— Mais laissez-moi vous dire : elle a son caractère, elle a ses têtes, vous, vous avez de la chance, elle vous aime bien, mais sans elle je serais perdu. Complètement perdu. Elle en sait plus que moi sur la maison.

— Je comprends.

— Et pourtant, c'est quelqu'un qui ne va jamais au cinéma. Elle ne regarde que la télé. Comment vous expliquez ça ?

Avant que je trouve une réponse (mais que répondre ?), la stagiaire un peu trop grosse réapparaît et s'apprête à dire quelque chose quand le téléphone sonne. Le producteur décroche et commence à parler, très jovialement tout à coup, en anglais là encore, avec son accent (léger) d'Europe centrale. Il est question, si je comprends bien, d'un film qui a bien marché dans les pays scandinaves, entre autres, et dont il a le projet de produire la suite, *the sequel*, comme il dit avec délectation. Toujours cette impression, qu'il me donne, d'imiter les *tycoons* des films hollywoodiens. Ceux qu'il n'a vus qu'au cinéma, précisément, dominant, de leur bureau tout en vitres, l'immense territoire de leur studio, leur principauté, tout un continent, aux nations multiples.

Il essaie de convaincre son interlocuteur de venir à Paris. Ils dîneront ensemble « *in some nice restaurant* ».

Il demande même quelle sorte de nourriture ferait plaisir à cet homme. « *French ? No problem.* »

La conversation dure au moins dix minutes. Un homme apparaît alors derrière la stagiaire, je le connais vaguement, c'est l'un des deux comptables, M. André : costume gris, cravate rayée, lunettes, calvitie proche, des cheveux longs dans le cou pour compenser déjà l'absence, un peu de brioche admise et une chevalière en or, trop grosse.

Il jette un coup d'œil dans le bureau, voit que le producteur est occupé au téléphone, me fait signe qu'il reviendra plus tard et se retire.

La stagiaire elle-même s'impatiente, même si elle n'ose pas trop le montrer. De sa main gauche, elle frotte sa cuisse gauche, comme si elle voulait l'amincir, la réduire.

Elle regarde sa montre à plusieurs reprises. Elle a peut-être autre chose à faire, mais quoi ? Encore une question qui ne connaîtra jamais de réponse. Alors, à quoi bon la poser ?

Le producteur en termine avec sa conversation téléphonique (« *I can't wait to see you !* »), revient à moi et me demande :

— Alors, quoi ? Que voulez-vous ?

— C'est toujours à propos de ce versement que…

— Ah, oui !

Et, se tournant vers la stagiaire :

— Vous êtes allée voir, à la comptabilité, pour M. Dumas ?

— Oui, M. André est venu mais…

— Mais quoi ?

— Il ne voulait pas vous déranger et…

— Il est reparti ?

— Oui, monsieur.

— Allez me le chercher tout de suite ! Qu'est-ce que ça veut dire ? Il ne peut pas attendre trois minutes ? Qu'il laisse tout tomber pour venir ! J'ai besoin de lui ! Là, maintenant !

La stagiaire disparaît en coup de vent tandis que le producteur me dit :

— C'est quand même incroyable, tout ce temps perdu ! Vous voyez dans quelles conditions je travaille ? Personne ne veut me croire. Il faut que je sois partout, tout le temps ! Et que je dise tout deux fois !

M. André apparaît un instant plus tard, sans la stagiaire. Le producteur lui demande :

— Qu'est-ce qui se passe avec le contrat de M. Dumas ?

— Quel contrat ?

— Son contrat pour le dernier film, évidemment ! Nous n'en avons pas cinquante ! Il paraît qu'il attend un versement depuis pas mal de temps, déjà.

— C'est sûrement Jacqueline qui a le dossier, dit M. André.

— Je sais bien, dit le producteur (qui semble sur le point de s'énerver, de nouveau), mais quand Jacqueline n'est pas là, il faut bien que quelqu'un soit au courant, tout de même !

— Oui, peut-être, dit prudemment M. André.

— Ou alors quoi ? Tout passe par elle ? C'est elle qui dirige cette maison ?

— Non, je ne pense pas.

— M. Dumas demande le règlement qui lui était dû ce mois-ci.

— Le mois dernier, dis-je.

— Oui, bon, le mois dernier. Est-ce que vous en avez entendu parler ?

M. André réfléchit un instant, fronce les sourcils, comme pour se rappeler quelque chose. Il demande :

— D'un montant de combien ?

— D'un montant de combien ? me demande le producteur.

Je dis le chiffre prévu par le contrat : dix mille euros.

— Tant que ça ? me demande le producteur, avec soudain un large et bon sourire. Dix mille euros ! Dites donc, vous avez un bon métier, vous gagnez plus d'argent que moi !

Je ne réponds rien (à quoi bon ?). M. André réfléchit toujours, comme s'il faisait l'effort de se souvenir. Le producteur lui demande encore :

— Vous avez vu un chèque au nom de M. Dumas, ces temps-ci ? Un chèque de dix mille euros ?

— Dix mille euros moins les retenues habituelles, dis-je.

— Oui, dit finalement M. André. Il me semble que je l'ai vu passer. Quelque chose comme ça. Entre huit et neuf mille. Ça me dit quelque chose.

— Ah ! Vous voyez qu'on pense à vous, ici ! me dit alors le producteur avec un sourire. Bon, vous aviez tort de vous inquiéter, Jean-Michel. Tout est en ordre.

Il demande alors à M. André :

— Ce chèque, je l'ai signé ?

— Non monsieur, je ne crois pas.

— Où est-il, alors ?

— Il doit être encore dans le tuyau. C'est Jacqueline qui devrait savoir, c'est elle qui s'en occupe. Si elle ne l'a pas mis au courrier…

— Oui, mais Jacqueline n'est pas là.

— Je sais, dit M. André.

Et il ajoute, sans attendre :

— Et quand elle n'est pas là, elle n'aime pas qu'on touche à ses affaires. D'ailleurs, elle a une façon de ranger ses dossiers qui n'appartient qu'à elle.

— À qui le dites-vous ! s'écrie le producteur en touchant ses cheveux. J'ai essayé une fois d'y chercher un papier, elle ne m'a pas parlé de quatre jours.

Il se tourne vers moi :

— Écoutez, Jean-Michel, aujourd'hui, vous le voyez vous-même, je suis désolé, on ne peut rien faire. Mais votre chèque est prêt, ça au moins c'est sûr. Il est quelque part. Dès que Jacqueline revient, elle vous appelle.

Il me pose une main sur l'épaule et me ramène doucement vers la porte en me demandant des nouvelles de ma famille, qu'il connaît un peu. Ma femme, ma fille. Je me sens dans les souliers de M. Dimanche éconduit par le Dom Juan de Molière. Je suis sur le point de lui parler de mes factures en attente et de tout l'argent que je dois, un peu partout. Dettes qui m'occupent l'esprit. Mais il me devance, s'arrête et me demande :

— Dites-moi : vous gagnez bien votre vie, dans l'ensemble ?

— Ça dépend, lui dis-je.

— Je veux dire : vous ne vous plaignez pas ?

— Ça dépend des moments, dis-je encore. Il y a des semaines où c'est dur.

— C'est difficile pour les jeunes auteurs, c'est vrai, ça l'a toujours été, mais vous commencez à avoir un petit nom, maintenant.

— Oui, mais vous savez, avec une famille…

— Ne m'en parlez pas, la famille, c'est une charge, mais que voulez-vous ? Nous sommes tous logés à la même enseigne, dans ce métier de fous. Comment voulez-vous faire du cinéma et vous occuper correctement d'une famille ? Remarquez que personne ne nous oblige à le faire.

— À nous occuper d'une famille ?

— Non, ce métier.

— Personne, c'est vrai.

— Vous n'êtes pas à court d'argent, en ce moment ?

Il repart, je le suis. Nous sommes presque sur le pas de la porte. Il m'a raccompagné jusque-là. Je suis sur le point de lui dire la vérité sur le triste état de mes finances, sur l'argent que je dois aux commerçants de mon quartier, à des amis, à ma belle-mère, quand la jeune stagiaire accourt et lui dit :

— Monsieur, on vous appelle de Los Angeles !

— Ah ! Oui…

Il me serre rapidement la main en me disant :

— Excusez-moi, c'est important.

Et il repart à toute vitesse dans son bureau.

*

Je rentre chez moi en métro. Je n'ose pas trop parler de tout cela à ma femme, qui semble constamment se demander si un jour je gagnerai de l'argent. Étrangement, le cinéma offre encore cette image d'un métier où on gagne de l'argent. D'un métier, ou plutôt d'une occupation de luxe. La corne d'abondance est là, il suffit d'entrer pour y téter. C'était peut-être vrai avant ma naissance. Et encore : dans certains cas. Maintenant, tout le monde rame. Il faudra que ma femme fasse patienter le boucher, l'épicier de la rue de Martyrs, comme le marchand de fromages, que je garde mes mocassins trois mois de plus et que j'aille solliciter quelque autre délai à la banque, où je suis déjà à l'air libre.

J'attends un peu d'argent autour du 15, venant de droits perçus par la Société des auteurs, à propos de la rediffusion, sur une chaîne câblée, d'une mini-série, coécrite avec un copain quatre ans plus tôt. Mais ce sera peu de chose. Quelques centaines d'euros, peut-être. De quoi payer l'électricité.

Pas de quoi me remettre à flot.

Le lendemain, rien. Je ne téléphone même pas. Ce manque d'audace, encore. Cette peur d'insister, de déranger. Je suis né avec, paraît-il.

J'attends, je ne fais rien. Travailler à autre chose ? Impossible. Je n'y pense même pas. Comment penser ?

Le jour suivant, surprise. Jacqueline elle-même m'appelle et me dit :

— Il vous attend samedi au Fouquet's pour déjeuner. Vous êtes libre ?

Je fais semblant de feuilleter un agenda.

— Samedi ? Oui, je crois.

— Alors à une heure, à sa table.

— Il m'apportera le chèque ?

— Il ne me l'a pas dit.

— C'est pour quoi alors ?

— Je crois qu'il a quelque chose à vous proposer.

— Quoi donc ?

— Ah, je n'ai pas le droit de vous le dire.

3

Nous voici au Fouquet's, trois jours plus tard. Un endroit pour lui. Toujours ce décalé qui surprend : mais à quelle époque vivons-nous ?

Il arrive tout sourire, il est presque à l'heure (on ne peut pas lui reprocher d'être un homme en retard, ça non, jamais, il s'en flatte même), il est salué par son nom, des dos se courbent, il prend place tranquillement à sa table, sur sa chaise, à côté de moi, nous consultons le menu qu'il connaît par cœur, nous passons commande, puis il me demande, tandis que nous déplions nos serviettes, avec un rien d'attendrissement dans le regard :

— Jean-Michel, nous nous connaissons depuis combien de temps ?

— Depuis un peu plus de dix ans.

— Dix ans déjà ! Que Dieu préserve ! Quel âge a votre fille, maintenant ?

— Un peu plus de onze ans.

— C'était un bébé quand je l'ai connue, elle marchait à peine, et maintenant elle a onze ans ! C'est incroyable ! On ne voit pas les années passer. Vous verrez ce que je vous dis : quand on vieillit, le temps file de plus en plus vite. Et personne ne peut m'expliquer pourquoi. Onze ans ! Mon Dieu ! Votre femme va bien ?

— Elle va bien, je vous remercie.

— Elle est polonaise d'origine ?

— Hongroise.

— Je l'aime beaucoup, vous savez. C'est quelqu'un de très intéressant. On n'en voit pas beaucoup, des femmes comme elle. Vous avez beaucoup de chance, permettez-moi de vous le dire.

Il continue sur ce ton pendant quelque temps, sur la loterie du mariage, ce qui me laisse entendre qu'il se considère comme mal marié (ce qui d'ailleurs est vrai, de l'avis général). Je me crois obligé de lui demander des nouvelles de sa propre famille, ce que je fais chaque fois, comme dans un rituel africain. Il me répond comme d'habitude. La femme ceci, les enfants cela. Que de soucis, quand on y pense.

Et les douleurs d'estomac ? Indulgentes, les jours de Fouquet's. Mais toujours là.

— Ces douleurs-là, c'est comme un veilleur de nuit, me dit-il. À la moindre alerte, elles se réveillent. Je ne peux pas manger un anchois sans qu'elles donnent l'alarme.

Je lui demande un peu plus tard, quand nous attaquons les entrées :

— Vous avez pu vous renseigner, pour mon chèque ?

— Oui, oui, ça va se régler, me dit-il en chassant ce souci d'un geste, mais vous avez bien fait de me le rappeler. Il y a des choses, comme ça, qui s'oublient. Et personne ne sait pourquoi.

— Ça va se régler quand ?

— Oh, dans un jour ou deux. Si ça se trouve, c'est déjà fait. Mais écoutez-moi : je voulais vous parler d'autre chose.

— De quoi ?

— D'un travail.

— Oui. Lequel ?

— Je vous parle très franchement : je vous demande ça comme un service. Il n'y a que vous qui pouvez m'aider.

— De quoi s'agit-il ?

— Vous êtes quelqu'un en qui j'ai toute confiance. Et je ne dis pas ça à beaucoup de gens, je vous prie de me croire.

— Je vous remercie.

— Ne me remerciez pas, je suis tout à fait sincère.

Je m'attends qu'il me propose quelque chose d'original, d'intéressant, de rare, je suis déçu. Il s'agit simplement de revoir les sous-titres d'un film qu'il a coproduit avec la Pologne. Une grande partie du dialogue est en polonais.

— Et le travail de sous-titres qu'ils m'ont fait à Varsovie est dégueulasse. Il n'y a pas d'autre mot, excusez-moi. Ces gens qui croient connaître le français ! Que Dieu préserve ! Ce qui est sûr, c'est que je ne peux pas sortir le film comme ça. C'est du baragouin. Si vous acceptez de les revoir, ces sous-titres de merde, et je sais que ça ne vous prendra pas beaucoup de temps, deux ou trois jours peut-être, ou quatre, c'est bien simple, vous me sauvez la vie.

— C'est un long métrage ?

— Oui. Je comprends que ce n'est pas très valorisant pour vous, vous êtes largement au-dessus de ça, mais vous me rendriez vraiment service. Vraiment.

J'accepte, je ne peux pas faire autrement. Il m'a si bien présenté la chose. Sauver une vie en deux ou trois jours, qui refuserait ? Il pose l'une de ses mains sur l'une des miennes et me remercie avec une chaleur nettement excessive.

Il savait qu'il pouvait compter sur moi, me dit-il. Il aurait pu s'adresser à quelqu'un d'autre, moins doué que moi. Mais non. Il a osé me demander. Et il n'a jamais douté de ma réponse. Le problème est qu'il faut aller vite, comme à l'ordinaire. Tout est toujours urgent dans ce sacré métier, même si par la suite certaines choses traînent ; mon chèque par exemple (ça, c'est moi qui le dis).

Il me demande à brûle-pourpoint, quand nous finissons les entrées, posant sa fourchette :

— Dites-moi : combien vous allez me demander pour faire ça ?

Il m'a confié lui-même, quelques mois plus tôt, qu'une loi toute-puissante règne sur les affaires, dans le monde entier. Cette loi universelle est simple à formuler : le premier qui dit un chiffre a perdu.

Je vais donc m'efforcer de suivre ce conseil. Une fois déjà j'ai essayé, et j'ai perdu. C'était précisément à propos de ce dernier contrat. Il m'a dit, d'emblée : « Combien allez-vous me demander ? », je lui ai répondu, suivant son conseil : « Combien pensez-vous me donner ? », il m'a aussitôt rétorqué : « Qu'est-ce qui vous ferait plaisir ? »

Et ainsi de suite pendant trois quarts d'heure, jusqu'à ce que je me lasse.

Ce sont toujours les entêtés qui gagnent.

Cette fois, désireux de ne pas perdre de temps en une discussion qui de toute manière, à la fin, tournera à son avantage, je pense à un chiffre que je trouve important, presque énorme, et je le dis : cinq mille euros.

— D'accord ! me dit-il aussitôt, en me serrant vivement les deux mains.

Encore perdu, c'est clair. J'aurais dû demander le double. Il a la réputation de discuter tous les prix, d'obtenir des réductions sur tout, au restaurant, à l'hôtel, dans les bars. De mauvaises langues racontent qu'on l'aurait même vu, un soir, à Berlin, marchander le montant d'une course avec un chauffeur de taxi.

Je lui demandai un jour pour quelles raisons il obtenait toujours des réductions, dans les hôtels, dans les restaurants, dans les studios, dans les laboratoires, partout. Il me répondit avec candeur et fermeté : « Parce que je les demande ! »

Il est aussi l'auteur d'une réplique fameuse, souvent répétée, mais dont je garantis l'origine. Quelqu'un citait un jour devant lui une phrase déjà ancienne d'André Malraux : « Je croirai à la crise du cinéma quand je verrai les producteurs prendre le métro. » Il répondit : « M. Malraux n'avait oublié qu'une chose, c'est que, pour prendre le métro, il faut payer comptant. »

*

Après avoir bien compris que j'ai perdu (dans une discussion imaginaire qui, de toute façon, n'a pas eu lieu), je lui demande, pour préciser (ou pour aggraver ma défaite) :

— Et vous me paierez comment ?

— Comme d'habitude, me dit-il sans sourciller. La moitié à la commande, le reste à la remise, à la fin du travail. Ça vous va ?

— Très bien.

— Je vous ferai une lettre-contrat. Ça suffira. Vous verrez ça lundi avec Jacqueline.

— Très bien.

Un peu plus tard, après quelques échanges anodins que j'oublie, il m'interroge brusquement, mais en baissant la voix, tandis que nous mangeons la suite, avec un bordeaux rouge assez bon ma foi (il a dit au sommelier : « Vous m'apporterez mon bordeaux ») :

— Dites-moi Jean-Michel : vous avez un compte en Suisse ?

Je réponds franchement :

— Non.

— Vous pouvez me le dire, ça ne risque rien. Ici, ils n'ont pas de micros. S'ils en avaient, et si le fisc était au courant de ce qui se dit à certaines tables, la France ne serait plus en déficit, vous pouvez me croire. Vous n'avez pas de compte là-bas ?

— Non, non, je vous assure.

— Ni ailleurs ?

— Ni ailleurs.

— Vous êtes sûr ?

— Mais oui, naturellement (si j'avais un compte en Suisse, tout de même, je le saurais, en Suisse ou ailleurs – mais quel peut être ce mystérieux « ailleurs » ?).

— Vous avez tort. C'est très commode, dans certains cas. Si vous voulez, je peux vous en faire ouvrir un.

— Oui, peut-être, mais pour y mettre quel argent ?

— Vous n'en avez pas ?

— Pas beaucoup, dis-je, sachant aussi qu'il ne faut jamais, là comme ailleurs, donner l'impression d'être pauvre (sinon adieu la confiance, adieu le boulot, on ne traite pas avec des mendiants).

— Pensez à l'avenir. Pensez à votre fille. Vous allez gagner beaucoup d'argent, vous allez voir, c'est sûr.

Moi, pour les années qui viennent, je suis tout prêt à parier sur vous. Et je ne suis pas le seul, je vous le dis. Tous mes collègues sont de mon avis. Ou presque tous. Et cet argent, c'est tout de même idiot de le donner à l'État pour qu'il fabrique des sous-marins qui ne marchent pas.

Il parle de mon argent comme si j'en avais à ne savoir qu'en faire. Comme si je pouvais me payer un sous-marin.

Je lui dis :

— Je verrai ça plus tard. Je n'en suis pas là. Et puis, vous avez vu ? Il est question de lever le secret bancaire, pour la Suisse.

Il rit franchement, très fort, très brièvement, et il me dit en me touchant le bras :

— Avant de voir ça, croyez-moi, tous les glaciers auront fondu. Et pas seulement dans les Alpes.

— Oui, lui dis-je encore, je comprends bien, je vous fais confiance, mais de toute façon je n'ai pas les moyens de me payer un compte en Suisse, ni ailleurs.

Pris d'une soudaine inquiétude, apparemment très sincère, il me demande alors (son téléphone portable sonne, mais il coupe aussitôt, sans répondre, sans même regarder qui l'appelle) :

— Vous avez des problèmes avec votre banque, en ce moment ?

— Des problèmes, non, mais...

— Si vous en avez, dites-le-moi. J'ai des amis qui peuvent vous arranger ça.

— Non, ça va.

— Des amis bien placés.

— J'ai simplement un petit découvert, lui dis-je alors du bout des lèvres. Je comptais justement sur ce...

— Mais un découvert, mon cher Jean-Michel, ce n'est rien, c'est normal, tout le monde a un découvert, qu'est-ce que vous croyez ? Vous croyez que, moi, je n'ai pas de découvert ? Allons, voyons ! Nous ne sommes pas là pour faire gagner de l'argent aux banques, tout de même ! Il ne manquerait plus que ça ! Les banques, c'est nous qui les faisons vivre, il ne faut jamais oublier ça. Elles nous doivent tout, elles sont à notre service. (Il saisit la carte.) Vous prenez un dessert ? Leur mille-feuille est très bon, si vous aimez ça.

— D'accord pour un mille-feuille.

Un peu plus tard, tentant un coup de bluff (je sais qu'il est inutile de parler de mon chèque du mois d'octobre, de toute manière nous sommes un samedi, banques et bureaux sont fermés), je lui dis, ce qui est un mensonge :

— J'ai reçu une proposition, pour un scénario.

— Ça ne m'étonne pas. De la part de qui ?

— De Gorloff.

— De Gorloff ?

— Oui.

— Il existe encore ?

— Apparemment.

— Mais Gorloff est un bandit ! Vous n'êtes pas au courant ? Il devrait être en prison à perpétuité ! Ne signez avec lui sous aucun prétexte ! Dieu vous préserve ! Il ne vous paiera jamais !

Et il s'embarque dans toute une série d'histoires épouvantables sur Gorloff, histoires déjà anciennes (ce producteur a quelque quinze ans de plus que lui), souvent racontées au sujet d'autres producteurs, en France et ailleurs, histoires qui traînent dans tous les studios et qui ne m'intéressent qu'à moitié puisque de toute façon cet homme, cette fripouille, ce « bandit interlope », ce « cloporte ambulant », ce « déshonneur de notre profession », ne m'a fait aucune proposition. Je ne le connais que de nom.

— C'est pour un long métrage ?

— Oui.

— Et combien il vous offre ? me demande mon producteur. Si ce n'est pas indiscret ?

— Nous n'en avons pas encore parlé.

— Surtout, ne signez rien sans me le dire ! Vous m'avez bien compris ? Je peux discuter à votre place, si vous voulez. Ne signez rien sans me faire lire votre contrat !

Cette dernière phrase m'inquiète un peu. En effet, un de mes confrères m'a raconté qu'un de ses « amis », un autre producteur, lui avait pareillement demandé de lui faire lire son contrat d'auteur, pour lui éviter « toutes sortes de pièges ». Après quoi le producteur « ami » téléphona au producteur en titre pour lui recommander d'abaisser les sommes prévues, « afin de ne pas donner de mauvaises habitudes ».

Nous mangeons nos mille-feuilles, qui sont crémeux et qui nous déposent un peu de blanc autour des lèvres, nous buvons un café serré, le producteur salue – tantôt aimablement, tantôt distraitement – deux ou trois personnes qui passent entre les tables, tous des gens « de la profession », puis soudain son visage s'illumine, il se lève, il ouvre les bras, un petit homme maigre à lunettes qui vient d'entrer s'y précipite, ils s'étreignent comme deux frères qui ne se seraient pas vus depuis des années et mon producteur s'écrie :

— Gorloff ! Ah ! Quelle joie ! Sacré vieux camarade ! Comment tu vas ?

— Mais tu vois ! Assez bien, et toi jeune et fraîche canaille ? Tu leur as encore échappé ? Mais comment tu fais pour t'en sortir ?

Tout cela à haute et claironnante voix. Comme s'ils se faisaient des compliments précieux.

Je me tiens un peu à l'écart, de peur que mon récent mensonge ne soit révélé. Mais mon producteur me tourne le dos. Il m'a soudainement oublié. Il va s'asseoir à la table du vieux Gorloff, qui est accompagné par un Levantin à cravate blanche avec perle (ça existe encore), et les trois hommes, têtes baissées, se perdent dans une discussion dont aucun écho ne me parvient.

Je reste seul un instant, je finis mon café, je m'essuie les lèvres, je glisse dans ma poche, à l'intention de ma fille, le bout de chocolat qui l'accompagne (j'hésite à prendre aussi le chocolat du producteur, puis j'y renonce, de crainte de passer pour mesquin). Je cherche des yeux autour de moi. Je ne connais personne. Aucune raison de rester là.

Je me retire discrètement.

Je salue mon producteur de loin, de peur qu'il ne m'appelle et ne me présente à Gorloff, ce qui compliquerait inutilement les choses. Je lui désigne ma montre du doigt, comme si j'étais en retard.

Il ne me rend pas mon salut. Je crois bien qu'il ne m'a pas vu sortir.

Je sors. Il pleut sur les Champs-Élysées.

4

Les deux semaines qui suivent sont occupées, dans un studio de banlieue où je me rends en autobus, au bord de la Marne, à ce travail de sous-titres qui m'ennuie, d'autant plus que le metteur en scène polonais, venu à Paris pour cette occasion, un quinquagénaire irascible, prétend connaître la langue française et discute chacune de mes propositions.

Et le film n'est pas bon, loin de là. Une histoire de musiciens ambulants, vers 1850, avec des troubles politiques très obscurs en arrière-plan, plus une fille russe qui a perdu la mémoire et qui se déplace très lentement. Qui ira voir ça ?

Quant aux sous-titres, c'est bien simple : tout est à jeter. Un gros boulot, en réalité.

Je me suis fait avoir, je le pressentais.

Le producteur est absent pour la semaine (destination non précisée), Jacqueline est malade. Elle ne vient au bureau que par épisodes, entre deux soins. Et ses yeux, qui faiblissent, lui donnent de nouvelles inquiétudes, depuis peu.

Pas de nouvelles de mon chèque. Bloqué quelque part dans un tuyau. Pas le temps de passer au bureau. Il a même fallu que je cherche un hôtel « convenable » pour le metteur en scène polonais, personnage perpétuellement insatisfait qui court les magasins de vêtements du côté de l'avenue George V et ne cesse de dire que, depuis la chute du communisme, les hôtels sont meilleurs à Varsovie. Ce qui après tout est possible.

Un jeudi matin, enfin, je prends une heure sur mon temps de travail et, sachant le producteur de retour, je réussis à le coincer dans son bureau. Il paraît sincèrement ravi de me voir, il est un peu bronzé, il m'ouvre les bras et me dit :

— Jean-Michel ! Ne me dites rien ! Je sais que vous n'avez pas été payé ! C'est la première chose que j'ai demandée en arrivant ! Je vous assure, sur ma tête ! Mais si vous saviez ce qui s'est passé ! Ici même ! Dans ce bureau ! Vous n'allez pas me croire !

Il me fait asseoir, m'offre un cigare que je refuse (il va allumer le sien, ce qui fait toujours gagner quatre ou cinq minutes, avant de se mettre à tousser, les yeux déjà rougis), et il poursuit :

— Figurez-vous que tout à coup, il y a deux ou trois jours, ils se sont rendu compte, ici, tenez-vous bien, ici, ils se sont rendu compte que nous n'avions plus de carnets de chèques ! Plus un seul chèque dans la maison ! Hein ? Je sais bien que les chèques, on s'en sert de moins en moins, mais tout de même ! Plus un seul ! Vous réalisez ce que je vous dis ? Vous voyez avec qui je suis obligé de travailler ! Personne n'avait pensé à vérifier ça ! Plus un seul chèque !

— Et alors ?

— Et alors ? Mais nous n'avons pu payer personne ! Personne ! C'est bien fait pour eux, entre nous, ça leur apprendra ! Et maintenant la banque nous demande trois ou quatre jours pour établir de nouveaux carnets.

Ils prennent leur temps, laissez-moi vous dire. Ils ont beau raconter qu'une partie de leur personnel est en grève, moi je ne les crois qu'à moitié. Je les connais. Et en attendant, qu'est-ce que je fais, moi ? Hein ? Comment je vis ?

— Vous pourriez aller retirer de l'argent, dis-je prudemment.

— À la banque ?

— Bien sûr.

— Mais vous n'y pensez pas ! Retirer de l'argent ?

— Et pourquoi pas ?

— En liquide ?

— Mais oui.

— Ah, on voit bien que vous ne les connaissez pas ! Mais pour retirer une certaine somme, Jean-Michel, c'est toute une histoire ! Et ça prend des semaines ! Pour retirer de l'argent en liquide, comprenez-moi bien, d'abord il faut avoir de l'argent sur son compte ! Sinon, il faut passer par d'autres circuits, c'est un labyrinthe effrayant ! Même moi, je m'y perds ! Avec cette grève, en plus… (une longue bouffée de tabac qui sent bon). Ah, on voit bien que vous n'avez pas une affaire à diriger. On ne peut plus payer les gens en liquide ! C'est le passé, ça n'existe plus, c'est le XIXe siècle ! Tout est contrôlé, de nos jours. Le temps du liquide, permettez-moi de vous le dire, c'était la belle époque ! Ah, oui ! L'époque dorée ! Que je regrette de ne pas l'avoir vraiment connue ! Les affaires en étaient tellement simplifiées ! Il paraît qu'en Inde ça se passe encore comme ça. Les bailleurs de fonds vous prient de bien vouloir accepter du liquide ! Comme une faveur ! Ils arrivent avec des sacs pleins de roupies. Vous vous rendez compte ? Je vais vous donner un conseil, Jean-Michel : ne devenez jamais producteur. Même si on vous le propose. Même si on vous finance ! Restez tranquillement ce que vous êtes. Vous vous en porterez beaucoup mieux. Les jeunes producteurs d'aujourd'hui, croyez-moi, je ne voudrais pas être à leur place. Comment ils font ? Je me le demande. Ils doivent avoir bien du mal à s'endormir, certains soirs.

J'ai envie de lui dire que moi aussi, certains soirs, j'ai de la peine à trouver le sommeil, et que des bouts de papier, qui sont des factures, dansent devant mes yeux ouverts. Je lui dis aussi :

— Ou alors, vous pouvez me faire un virement.

— Un virement ?

— Oui, directement sur mon compte. C'est très facile, maintenant. Ça remplace très facilement les chèques, vous avez raison. On peut même faire ça par Internet. Avec votre carte.

— Je vois bien que vous ne fréquentez pas chaque jour Jacqueline.

— Pourquoi ?

— Internet, elle ne connaît pas. Et elle ne connaîtra jamais. C'est la planète Mars, pour elle, Internet. C'est comme ça. Qu'est-ce que vous voulez que j'y fasse ?

— Mais je peux lui montrer comment faire. Je peux le faire à sa place, même.

Il sourit, l'air de dire : vous ne la connaissez vraiment pas. En même temps, il secoue négativement le doigt : non, non, pas question d'un virement par Internet.

Il doit y avoir une autre raison que Jacqueline, mais je ne la connaîtrai pas.

Je vais lui proposer une autre solution, que je suis en train de chercher, quand il me demande, dans sa fumée :

— Où en est votre travail, à propos ?

— Sur le film polonais ?

— Bien sûr.

— J'ai presque fini.

— Bien. Vous serez réglé dès que nous aurons reçu les nouveaux chéquiers. Combien avions-nous dit, déjà ?

Je lui redis le chiffre avancé au Fouquet's. Il sursaute, troublant la fumée calme du cigare, et me demande :

— Cinq mille euros ?

— Oui.

— Tant que ça ?

— Oui, oui.

— Vous êtes sûr ?

— Sûr et certain. Vous m'avez dit : d'accord. Sans discuter. Et pour le travail que ça représente, franchement, ça n'a rien d'énorme.

— Vous trouvez ? Eh bien, dites donc, moi aussi je voudrais être scénariste ! C'est un métier en or que vous avez !

— Vous deviez me verser la moitié au début du travail et le reste…

— Cinq mille euros pour corriger quelques sous-titres !

— Et le reste à la…

— Oui, oui, je sais, le reste à la remise, comme d'habitude, mais qu'est-ce que vous voulez que je fasse ? Hein ? Voyez vous-même ! Avec cette bande d'incapables qui se prélassent dans les bureaux ! Et qui oublient de faire renouveler les carnets de chèques ! Je ne peux quand même pas vous signer n'importe quel petit bout de papier !

Au moment où je vais me retirer, il me retient un instant et me dit :

— Jacqueline vous a dit, pour la facture ?

— Quelle facture ?

— Oui, ce serait plus commode, paraît-il, si vous pouviez nous faire une facture.

— Une facture pour quoi ?

— Pour ce que nous vous devons.

— Mais on n'a jamais fait de facture pour ça !

— Non, je sais bien, mais maintenant, avec toutes ces histoires de TVA, et les autres taxes, c'est devenu tellement compliqué ! Ne me demandez pas de vous expliquer, surtout, je ne pourrais pas ! C'est un maquis ! Et en plus ça change tout le temps ! Si vous voulez mon avis, ils ne savent pas ce qu'ils veulent ! Vraiment, c'est à vous rendre fou !

Il a l'air de se mettre véritablement en colère, il s'énerve, il s'emmêle les cheveux, il jette des papiers sur le sol. J'entends même, et ce n'est pas la première fois : « L'administration nous tuera ! »

Le téléphone sonne, il coupe sans même répondre.

Puis il se calme et me dit :

— Soyez gentil, vous rendriez service à la comptabilité, faites-nous une facture, ça simplifiera tout.

— Une facture pour les deux ?

— Pour les deux quoi ?

— Pour le dernier versement sur le scénario et pour la révision des sous-titres ? Une facture de quinze mille euros ?

— Non, non, surtout pas ! Ne mélangez pas tout ! Ça ne marcherait pas. Faites-nous deux factures séparées, c'est mieux.

— Sur quel modèle ?

— Ah ! Si seulement nous pouvions le savoir ! Avec toutes ces retenues, toutes ces taxes, comment voulez-vous qu'on s'y reconnaisse ?

— Je peux passer à la comptabilité et vous faire une facture tout de suite, au moins pour le scénario.

— Comment ?

— Oui, une facture de dix mille euros. J'y vais et je la fais là, tout de suite.

— Hein ? Quoi ?

Il paraît soudain rêveur, absent, comme s'il ne m'avait pas entendu, comme s'il était soudain absorbé dans une autre pensée, qui vient de l'envahir par mégarde.

Cela peut arriver à tout le monde. Il me semble qu'il murmure :

— Ah, oui…

J'insiste :

— Je dis que je peux aller à la comptabilité maintenant, là, et faire une facture tout de suite. Immédiatement. Là.

— Mais quelle facture ?

— Celle que vous me demandez. Au moins pour le scénario, pour les…

— Mais d'après quel modèle ? me demande-t-il en sortant brusquement de son moment de rêverie.

— À la comptabilité, ils n'ont pas un modèle de facture ?

— Je vous dis que non ! Je vous dis que nous ne savons plus de quel côté nous tourner ! Je n'arrête pas de vous le dire ! M. André est en train de s'arracher ses derniers cheveux ! Il paraît que, hier encore, ils ont fait passer un décret qui modifie tout !

— Alors, je ne peux pas vous faire de facture ?

— Vous pouvez toujours en faire une, mais si elle ne correspond pas au nouveau modèle, nous ne pourrons pas vous la régler. C'est comme ça, que voulez-vous ? Je n'y peux rien, moi. Allez demander à M. André, vous verrez ce qu'il vous dira. Depuis ce matin, il n'arrête pas de téléphoner tous azimuts !

— Et ces nouveaux modèles de factures, vous les recevrez quand ?

— En principe mardi prochain, mais vous connaissez l'administration.

Je ne connais pas vraiment l'administration. Je sais qu'elle a mauvaise réputation, qu'« elle nous tuera », et c'est pourquoi j'entretiens le moins de rapports possible avec elle. C'est à peine si je connais le sens des initiales TVA. Comment cela fonctionne, mystère.

Je demande encore au producteur si cette facture est vraiment indispensable. Oui, oui, me dit-il encore, d'abord c'est la nouvelle loi, et ensuite, c'est vrai, ce sera beaucoup plus commode. Beaucoup plus, si, si, croyez-moi.

Je m'accroche un peu, je dis que je ne comprends pas pourquoi on remplace l'ancien système, qui marchait, par un nouveau, qui ne marche pas.

— Si vous croyez que moi, je comprends ! me dit-il. Plus personne n'y comprend rien, mon cher ! Nous avons changé de gouvernement, et vous voyez le résultat ! C'est le foutoir, qu'est-ce que vous voulez que je vous dise ? C'est un vrai foutoir de première !

— Mais si vous me faites un chèque, comme prévu par le contrat, nous n'avons pas besoin de facture ?

— C'est ce que je croyais. Eh bien, je me trompais de A à Z, figurez-vous.

— Mais qu'est-ce qui change ?

— Les retenues de ceci, de cela, la Sécurité sociale, les cotisations, les retraites, les contributions, les machins, tout ça. Si vous croyez que je suis au courant ! Même M. André n'y comprend plus rien !

— Mon chèque, j'y pense, vous pouvez peut-être l'antidater ? Comme si vous l'aviez fait avant la parution du nouveau décret ?

— L'antidater ?

— Pourquoi pas ? Disons que vous l'aviez fait au moment où vous me le deviez, et que j'ai tardé à l'encaisser.

— Jean-Michel, jamais je ne ferai une chose pareille ! J'ai déjà eu un contrôle l'année dernière, et si vous saviez ce que ça m'a coûté ! Antidater un chèque ? Que Dieu préserve, non, non, je ne peux pas. Il faut que je me tienne à carreau. Je suis toujours dans le collimateur, à ce qu'il paraît. Malgré toute mon amitié pour vous, je vous assure, sur ma tête, je ne peux pas.

— Et une avance ?

— Une avance sur quoi ?

— Sur mon règlement.

— Même problème. Ils sont devenus tellement chinois, si vous saviez !

— À ce point-là ?

— Écoutez, si ça continue de cette façon, je crois que je vais tout laisser tomber et m'établir en Angleterre. Je n'en peux plus ! Et je ne suis pas le seul ! En Angleterre ou en Irlande, où tout est beaucoup plus relax. Ou même en Belgique. J'ai un ami qui l'a fait, il s'en trouve très bien ! Vraiment, on dirait qu'ils font tout pour nous chasser de France ! À croire que ça les arrange !

Je le laisse se tranquilliser, j'attends quatre ou cinq secondes, et je lui dis :

— Alors, qu'est-ce que je fais ? J'ai besoin de cet argent, vraiment, je vous assure, je l'attends depuis longtemps. J'ai pris des engagements, je dois nourrir ma famille, je…

— Mais, Jean-Michel, je vous ai trouvé un autre travail, en attendant !

— Oui, mais cet autre travail, vous ne me l'avez pas réglé non plus.

— Naturellement, je ne vous l'ai pas réglé ! Ce n'est pas à moi de vous le régler !

— C'est à qui, alors ?

— Au producteur polonais, évidemment !

— Vous ne m'aviez pas dit ça.

— Mais si ! C'était très clair ! Le metteur en scène ne vous a pas mis au courant ?

— Mais non.

— C'est lui qui devait vous apporter l'argent ! Je pensais que c'était réglé depuis longtemps, au moins pour le premier versement ! Et rien n'a été fait ?

— Rien.

— Ils ne vous ont rien donné ?

— Rien, je vous dis.

— Vous voyez ! Comment voulez-vous que je m'y retrouve ? Il faut même que je m'occupe des affaires des Polonais ! Si ça se trouve, le metteur en scène a gardé cet argent pour lui ! Et il l'a claqué avec des putes !

Il lève les bras au ciel – littéralement – et les laisse retomber de désespoir.

Je reprends mon calme et la parole :

— Mais je vous assure, au Fouquet's, vous ne m'avez pas parlé de tout ça, vous m'avez dit « combien allez-vous me demander ? », vous vous rappelez ? *Me* demander. À vous. Il n'était pas question des Polonais. Vous m'avez dit que *vous* deviez sortir le film en France !

— Je devais, oui, mais le distributeur a changé d'avis. Qu'est-ce que je peux y faire, hein ?

— Comment ça : changé d'avis ?

— Il a vu la dernière version et ne l'a pas aimée du tout. Mais alors pas du tout. Alors qu'il avait aimé le scénario et les rushes. Rendez-vous compte : il téléphonait pendant la projection ! Je l'ai invité à déjeuner chez Maxim's pour le faire changer d'avis, rien, zéro. Il m'a dit trois ou quatre fois : « Mais ça, c'est du pipi polonais ! » Où je vais maintenant, hein ? Vous pouvez me le dire ?

— Vous pourriez chercher un autre distributeur ?

— Vous croyez qu'ils sont nombreux, les distributeurs français qui vont risquer de l'argent sur un bol de pipi polonais ? Hein ? Un film où on parle sans arrêt de musiciens et où on voit que les acteurs n'ont jamais touché un piano de leur vie ! Ce qui entre nous est tout de même assez rare pour des Polonais ! Vous le feriez, vous ? Dites-moi : vous vous engageriez ? Franchement, vous avez vu le film, vous l'avez vu en long et en large : vous risqueriez trois cacahuètes là-dessus ? Répondez-moi !

— Il est sorti en Pologne ? demandai-je, en éludant une réponse que j'ai devinée difficile.

— Mais oui il est sorti, et il est resté trois jours à l'affiche dans des salles vides. Ce qui n'arrange pas nos affaires, vous vous en doutez. Avec des critiques d'assassins, en plus. Épouvantables. Cela dit, gardez ça pour vous, surtout. N'allez pas le raconter à droite et à gauche. Je fais circuler un dossier de presse qui est un peu comme ça, vous me comprenez, un peu… arrangé, disons. Plus que favorable. Avec des extraits des critiques. Des extraits seulement.

— Je comprends.

— Et je donne des chiffres de recettes qui sont un peu au-dessus de la réalité. Sinon, je ne peux pas m'en tirer. Vous voyez, je vous dis tout. Je vous considère comme un ami. Ne le répétez surtout pas. En ce moment j'essaie de vendre le film en Suisse et en Belgique. Peut-être aussi au Canada et en Afrique. Mais pour peanuts.

— Et pour l'autre chèque, alors ?

— Là, pas de problème. Dès que nous savons exactement quel modèle de facture vous devez établir, nous vous l'envoyons, vous nous la renvoyez, et c'est réglé dans la foulée. Pas de problème.

*

Je comprends qu'il est inutile d'insister et, malgré le « pas de problème » répété, je vois s'assombrir ma situation matérielle, pour les jours et même les semaines qui viennent. Je vais devoir demander à quelques amis de me prêter deux ou trois mille euros, pour tenir le coup. Il faudra que je parle en confidence aux commerçants de la rue des Martyrs. Ils m'aiment bien, je crois, mais ces sollicitations sont gênantes. Il faut attendre que la boutique soit vide et parler bas.

Je devrai aussi rassurer ma femme, qui me cite depuis quelque temps un psy qu'une de ses amies lui conseille avec insistance. Mais nous n'avons pas d'argent pour le payer.

Il attendra.

5

Je patiente tout au long de quarante-huit heures, le modèle de facture n'arrive pas, je téléphone, personne n'est là pour me répondre. Seule la corpulente stagiaire, qui n'est au courant de rien, me parle un moment (elle a le temps). Elle me dit que les examens de Jacqueline se poursuivent et que c'est elle, la stagiaire, qui doit s'occuper de Greta, sa chienne. Mais l'absence de sa maîtresse perturbe gravement l'animal. Greta va de bureau en bureau en gémissant, elle est nerveuse et elle fait pipi partout. Elle a même fait pipi, me dit la stagiaire, dans le bureau du producteur, pendant qu'il parlait au téléphone avec l'Argentine.

— Et il n'était pas content, vous savez, me dit la stagiaire. Il lui a donné des coups de pied.

— M. André n'est pas là ?

— Ah, non, il ne vient pas le mercredi. C'est son jour de golf.

— Je ne savais pas.

Je décide d'abandonner le téléphone et de passer par divers systèmes de correspondance : courrier traditionnel, fax, e-mail. À l'exception du télégramme (qui envoie encore des télégrammes ?), j'essaie tout.

Et je reçois une réponse, quelques jours plus tard. Une lettre ordinaire, par la poste. L'adresse de la maison de production est inscrite au dos. Le cœur tout secoué, j'ouvre l'enveloppe. Elle contient la carte de visite du producteur avec quelques mots qui disent, griffonnés : « Vous voyez bien qu'il est fait, votre chèque ! »

Et en effet, mon chèque est là. Signé, avec le montant exact, toutes déductions faites. À une nuance près, que je remarque assez vite : ce n'est pas le vrai chèque, c'est une photocopie du chèque, sur une feuille de papier ordinaire. Inutilisable.

Je reçois la même chose une heure plus tard, par fax. La même « preuve ».

*

Deux jours plus tard, je réussis à avoir Jacqueline au téléphone. Je suis profondément irrité, lui dis-je, humilié même et je lui demande ce que tout cela signifie. Qu'elle me réponde avec sincérité, pour une fois.

— Mais c'est très simple, me dit-elle. Il ne peut pas vous régler dans l'immédiat à cause de cette histoire de facture, mais il vous aime beaucoup, il sait que vous êtes un inquiet, et il a tenu à vous rassurer, rien de plus. Nous avons récupéré des chéquiers, votre chèque est prêt, il est signé, je vous le certifie, d'ailleurs vous l'avez vu. Dès que c'est possible, je vous l'envoie.

— « Dès que c'est possible », ça veut dire quoi ?

— Dès que nous savons, pour la facture.

— Écoutez, lui dis-je (en mentant un peu), j'ai appelé la Société des auteurs, ils ne sont absolument pas au courant pour ce décret, pour cette histoire de facture.

— Mais à la Société des auteurs, ils ne sont jamais au courant de rien ! Il faut qu'on leur apprenne tout ! Vous les connaissez tout de même, depuis le temps !

— Alors, qu'est-ce que je fais ?

— Mais vous nous faites confiance ! Enfin, voyons : pour une aussi petite somme, nous n'allons pas vous voler, tout de même ! Qu'est-ce que vous allez imaginer ?

— Et pour le film polonais ?

— Je crois qu'il vient de le revendre à un Italien.

— Et qui va me payer ?

— Ah, ça, vous m'en demandez trop. C'est vous qui avez traité directement, au Fouquet's, moi je ne sais rien, je n'ai même pas deux pages de contrat. Je ne peux rien vous dire. Je ne sais même pas combien il vous a promis.

Je sens chez Jacqueline, comme chaque fois qu'elle prononce le mot « Fouquet's », une sorte de mécontentement, de frustration sourde, inavouée. Il lui arrive d'appeler cet établissement « la succursale ». Les affaires qui ont été traitées au Fouquet's ne sont pas celles de Jacqueline. Comme elles lui échappent, elle ne veut pas en entendre parler. Sans doute n'a-t-elle jamais été invitée là-bas, cela se devine.

Peut-être devrais-je le faire, un jour ? Mais avec quel argent ?

*

Trois jours plus tard, après une visite infructueuse (le producteur n'était pas là, m'a-t-on dit sur tous les tons, et cela m'a rappelé quelques anecdotes mexicaines : un producteur, là-bas, était resté enfermé une heure et demie dans les toilettes, en attendant que quelqu'un, à qui il devait de l'argent, quitte son bureau, un autre avait signé un chèque dans un sauna, de telle sorte qu'à la sortie l'encre avait dégouliné, laissant le chèque vide, et ainsi de suite), je réussis enfin à m'enfermer avec le mien dans son bureau. Cette fois, je suis bien décidé à ne pas sortir sans mon chèque, facture ou pas. Et je le dis.

Le cœur net, voilà. Je veux en avoir le cœur net. Que se passe-t-il exactement ?

Le producteur ferme lentement la porte derrière moi, me fait asseoir, s'assied, me regarde quelques instants en souriant, presque avec tendresse, avec bienveillance en tout cas, et me demande :

— Jean-Michel, nous nous connaissons depuis combien de temps ?

J'ai décidé, cette fois, de ne pas me laisser avoir, de résister autant que je pourrai à toute offensive sentimentale.

— Écoutez, dis-je, vous le savez très bien, vous me le demandez souvent. Et aussi des nouvelles de ma femme et de ma petite fille, qui vont bien, je vous remercie. Très bien. Elles ont encore pu manger des pâtes hier et aujourd'hui. Mais cela fait maintenant plus de trois mois que j'attends un règlement, je ne parle même pas du travail sur le film polonais, je parle du dernier versement prévu à la remise du scénario, et je ne sais plus comment faire ! Je comptais sur cet argent, vous me comprenez ?

— Vous savez, me dit-il, que je l'ai relu, le scénario, le dernier week-end ?

— Lequel ?

— Le vôtre.

Il vient de réussir à me déconcerter. Je me sens pris d'une soudaine angoisse. Je lui demande :

— Et alors ?

— Il est formidable, je peux vous le dire. Formidable (je respire). Il y a encore des petits problèmes de construction, ici et là, et le dialogue est à revoir, bien sûr. C'est peut-être le personnage de David qu'il faudrait remettre en question. Sans avoir peur d'être radical. Ça, nous le savons. Et pour la fin, bon, il faudra voir. Il y a sûrement autre chose à trouver, nous en avons déjà parlé (première nouvelle). Nous en discuterons de plus près dès que nous aurons un metteur en scène. Mais votre travail, dans l'ensemble, est formidable. Je vous le dis.

— C'est très aimable à vous, lui dis-je, mais…

— J'ai eu vraiment raison de vous faire confiance. Tout le monde n'était pas de mon avis, mais j'ai bien fait d'insister. Quand je pense que nous avons failli prendre quelqu'un d'autre ! Que Dieu préserve ! Un très bon travail, je vous assure.

— Et quand allez-vous le mettre en production ?

— Le film ?

— Oui, le film.

— Écoutez, pour l'instant, comme vous le savez, je cherche un metteur en scène.

— Je croyais que Jean-Louis était d'accord.

— Il était d'accord sur le principe, maintenant il faut voir, vous comprenez.

— Il faut voir quoi ?

— Son dernier film n'a pas marché, je suppose que vous êtes au courant Et vous savez comment ça se passe dans ces cas-là. Les distributeurs et les exploitants se découragent vite. Comme les directeurs de chaînes. Ils vous disent : vous devriez peut-être penser à quelqu'un d'autre.

— Mais il a du talent, Jean-Louis.

— Je ne dis pas le contraire. Quand il a un bon scénario, il peut faire un bon film. Mais il n'est pas le seul. Dans sa catégorie, il y en a d'autres.

— Vous ne le lui avez pas donné à lire ?

— J'attends un peu, je réfléchis. De toute manière, ne vous inquiétez pas, je m'en occupe. J'ai pensé à deux ou trois autres possibilités. Je vais leur faire porter le script, n'en parlez pas à Jean-Louis si vous le voyez. Et puis à une ou deux actrices, pour le rôle.

— À qui ?

— Ah, ça, je ne peux pas vous le dire. Excusez-moi. Les agents, vous les connaissez, demandent toujours le secret. Je préfère vous garder la surprise. Mais votre scénario est excellent, je vous le répète. S'il y a des gens à qui il ne plaît pas, tant pis pour eux. Moi, je le trouve bon.

— Il y a des gens à qui il ne plaît pas ?

— On ne peut pas plaire à tout le monde, vous êtes le premier à le dire. Mais moi je le trouve très bon.

— Je vous remercie, mais ça ne change rien au problème.

— Quel problème ?

— Vous le savez bien.

— Mais non.

— Mais le problème de mon chèque ! De l'argent que vous me devez sur ce scénario, justement ! Et dont j'ai besoin !

Il change tout à coup d'attitude, ses joues rougissent, il se lève, il a l'air furieux, il tape sur son bureau, je ne l'ai jamais vu comme ça, il me dit d'une voix forte, par moments même il crie :

— Mais qu'est-ce que vous avez avec ce chèque, enfin ? Vous savez que vous commencez un peu à nous embêter ? Hein ? Je vous aime beaucoup, Jean-Michel, mais par moments, excusez-moi, j'ai l'impression que vous ne me faites pas confiance ! Que vous vous méfiez de moi ! Et ça me cause du chagrin, franchement ! Vous savez très bien que vous serez payé, et même le plus tôt possible, vous l'avez toujours été, ce n'est pas la peine de venir réclamer votre chèque tous les jours au bureau ! Et d'énerver tout le monde ! Enfin tout de même ! De quoi j'ai l'air ici ? Et Jacqueline qui est à bout de nerfs ! Avec en plus tous ses problèmes de santé, vous vous rendez compte ? Et maintenant vous vous en prenez même à la stagiaire, paraît-il ! Si vous ne me faites pas confiance, allez travailler avec votre ami Gorloff, là au moins vous serez servi ! Vous verrez un peu !

— Ne vous fâchez pas…

— Je ne me fâche pas, mais tout de même, vous voyez bien dans quel état nous sommes ! Jacqueline n'en peut plus, elle est tellement susceptible, tellement tendue, je la connais…

Je vais bientôt me sentir responsable de la santé de Jacqueline. C'est peut-être à cause de moi, aussi, que Greta fait pipi partout. Pardi.

— Et maintenant, avec votre permission, dit-il encore, j'ai du travail sérieux qui m'attend ! Cette affaire polonaise m'a attiré plus de troubles que vous ne pouvez imaginer !

Je m'attends qu'il ajoute : c'est à cause de vous, Jean-Michel. Mais il ne le dit pas. Il s'assied dans son fauteuil, la mine renfrognée, mélancolique. Sa main brasse quelques feuilles de papier sur son bureau.

Je pense aux reproches, aux protestations de ma femme, et je lui dis :

— Il vaut sans doute mieux que je m'en aille.

Il se contente de hocher la tête sans me regarder, avec un petit geste de la main, comme pour me dire que j'ai raison, que c'est la seule chose raisonnable à faire.

Et je m'en vais.

6

Je m'en vais, je laisse passer un jour ou deux. J'essaie de me calmer, c'est extrêmement difficile. Ma femme trouve que je deviens taciturne, renfermé. Triste, même, par moments. Découragé, déçu ? « Tu n'étais pas comme ça l'année dernière », me dit-elle.

Impossible de me rappeler comment j'étais l'année dernière.

Quand je me décide à téléphoner, le producteur est à Los Angeles. C'est la stagiaire un peu trop grosse qui me l'apprend.

— Pour combien de temps ?

— Ah, je n'en sais rien, monsieur Dumas.

— Il ne vous l'a pas dit ?

— À moi, non.

— Vous pouvez me passer Jacqueline ?

— Sa ligne est occupée, pour le moment. Vous patientez ?

— Ça risque d'être long ?

— Je pense, oui. Elle est avec son médecin. Je lui dis de vous rappeler ?

— S'il vous plaît.

— À tout à l'heure, monsieur Dumas. Elle sait pourquoi vous voulez lui parler ?

— Oui, oui, elle le sait.

— Très bien. Je lui laisse une note.

Je raccroche et j'attends. J'attends toute une longue matinée. Je tourne, je m'assieds, je me relève, je me rassieds, j'écoute la radio (rien de marquant), je bois des cafés, je cherche une occupation, un travail neutre, une bricole, un jeu. Rien. Heures vides et lentes. Finalement, vers quatre heures de l'après-midi, je décide de rappeler moi-même, une fois de plus.

Jacqueline est encore au téléphone, mais cette fois je me résigne et j'attends.

Cinq ou six minutes plus tard, j'entends sa voix :

— Jean-Michel ?

— Oui.

— Vous m'avez appelée ce matin ?

— Oui, Jacqueline.

— Excusez-moi, je ne vous ai pas rappelé, j'ai tant de problèmes en ce moment, c'était à quel sujet ?

— Toujours au sujet de mon chèque.

— Lequel ?

— Le premier. Celui du mois d'octobre, celui qui concerne le scénario.

— On vous a dit, pour la facture ?

— Mais oui, on m'a prévenu. Vous avez reçu le modèle ?

— Justement. Nous sommes en pleine discussion depuis ce matin.

— Pourquoi ?

— Parce que nous avons reçu trois modèles, en fait. Et nous ne savons pas lequel est le bon. Un des trois est à éliminer, nous en sommes presque sûrs, mais nous hésitons entre les deux autres.

— Que dit M. André ?

— Il n'est pas d'accord avec son assistant.

— À propos de quoi ?

— Je ne peux pas vous dire, moi. Je suis secrétaire de direction, je ne suis pas expert-comptable. S'ils ne sont pas d'accord entre eux sur les questions techniques, moi je ne m'en mêle pas, vous comprenez ? Je n'ai pas droit à la parole !

— Ils ont rappelé l'administration ?

— Ils essaient depuis deux heures. Apparemment, ils sont débordés, à la direction générale. Toute la France doit les appeler.

— Et votre patron revient quand ?

— Il doit rester là-bas un peu plus longtemps que prévu. Il devait rentrer demain soir, mais ils n'avaient plus de siège en première.

— Après-demain, alors ?

— Après-demain, c'est samedi. Je le connais, il restera un jour de plus pour profiter de la piscine. Qu'est-ce qu'il ferait ici le week-end ? Il sera là lundi ou mardi.

Je crois savoir, par des indiscrétions de couloir, que le producteur entretient en ce moment une liaison avec une comédienne danoise qu'on aperçoit dans un film américain. Personne n'en parle à voix haute et claire. Mais il n'est pas impossible qu'il passe quelques jours avec elle à Los Angeles, loin de sa femme et de ses enfants. Près d'une piscine.

Je demande encore à Jacqueline (quelque chose me désole et me répugne dans cette perpétuelle attitude de quémandeur, mais comment faire ?) :

— Et pour le film polonais ? Vous avez des nouvelles ?

— Des nouvelles ? Comment ça, des nouvelles ?

— Les Italiens l'ont acheté ?

— Pensez-vous. Ils l'ont mené en bateau, je le savais d'ailleurs, je le lui avais dit. C'est des enjôleurs de première, ça oui. Je le lui ai dit. Mais une fois de plus monsieur n'a pas daigné m'écouter. Vous le connaissez, il n'en fait qu'à sa tête. Il a perdu deux semaines avec ces Italiens, plus un voyage à Rome, l'hôtel Excelsior, les chauffeurs, les truffes blanches, tout ça finit par coûter plus cher que ce que ça risque de rapporter.

À propos de Rome, j'ai déjà entendu cette chanson, à plusieurs reprises. L'hôtel Excelsior, c'est un peu comme le Fouquet's : une blessure inguérissable. Chaque fois, cependant, Jacqueline m'étonne. Cette fois, par exemple, les truffes blanches sont une nouveauté.

Je lui demande :

— Alors, qu'est-ce que je fais, à votre avis ?

— Pour le film polonais, vous faites ce que voulez, je ne suis au courant de rien, je n'ai même pas vu le film, mais moi je vous conseillerais d'attendre.

— Il m'a dit que c'est aux Polonais de me payer.

— Vous leur en avez parlé ?

— Mais le metteur en scène est retourné à Varsovie ! Je ne sais absolument pas où les joindre ! Et je n'ai rien signé avec eux ! Rien du tout ! Écoutez, ce n'est tout de même pas à moi d'appeler la Pologne !

— Ne vous inquiétez pas, il vous arrangera ça. Il faut d'abord qu'il soit sûr de vendre le film, ou de le sortir dans de bonnes conditions. D'ici là, si vous voulez mon avis, il ne bougera pas.

— Et pour l'autre paiement ? Pour la remise du scénario ?

— Là, ça suit son cours. C'est en train de se mettre en place. Dès que nous sommes fixés sur le modèle de facture, je ne vois pas pourquoi vous ne seriez pas réglé illico.

— À vous je peux le dire, Jacqueline. Il m'est impossible de continuer à travailler pour vous gratuitement. J'ai vraiment besoin de cet argent.

— Mais naturellement, Jean-Michel ! Tout le monde a besoin d'argent !

— Oui, mais c'est urgent. J'ai des dettes partout. Ma femme croit que je lui raconte des histoires et…

— Vous voulez que je l'appelle, pour la rassurer ?

J'envisage un instant cette possibilité, mais elle ne m'avancerait guère. D'ailleurs, ma femme sait parfaitement où j'en suis. Je ne lui dis pas tout, car elle est plutôt fragile en ce moment, mais elle n'est pas stupide. Elle comprend très bien que j'ai des difficultés à me faire payer. Difficultés : est-ce bien le mot ?

Je dis donc à Jacqueline :

— Non, je vous remercie. C'est très gentil de me le proposer, mais ça ne servirait à rien.

— Alors je vous rappelle dès que je sais quelque chose.

— S'il vous plaît.

Elle a raccroché.

*

Ce « dès que je sais quelque chose » m'inquiète, évidemment. Trop vague, trop passe-partout. Je m'assieds et je m'interroge longuement : irai-je faire le siège du producteur chez lui ? L'attendrai-je un soir devant sa porte ? Armé ? Rentrerai-je avec lui, dans son ascenseur, dans son appartement, pour m'installer avec sa femme et ses enfants en attendant d'être payé ? Ou bien me laisserai-je enfermer dans le bureau, une nuit ? Mais qu'y ferai-je ? Il n'y a jamais d'argent liquide dans les bureaux, c'est bien connu.

On m'a parlé de metteurs en scène qui surgissaient dans un bureau de production en brandissant un énorme marteau et qui menaçaient de tout casser autour d'eux si on ne les payait pas sur-le-champ. En général, il paraît que ça marche.

Mais est-ce bien mon genre ?

Saisir un ordinateur et aller le vendre ? Mais je serais immédiatement poursuivi. Et tout espoir de règlement s'envolera pour des époques très lointaines.

En plus, les ordinateurs d'occasion, ça ne vaut rien.

Ou alors faire le mort ? Ne plus rien dire ? Cesser de téléphoner, de les harceler ? Les ignorer ? Mais c'est sans doute très exactement ce qu'ils demandent. Je dis « ils », car je les soupçonne d'être tous de mèche, non seulement le producteur et Jacqueline, ça c'est évident (ils travaillent au coude à coude depuis plus de vingt ans), mais aussi M. André et le second comptable, et les autres secrétaires (que je fréquente moins), et la standardiste, et la stagiaire arrondie, et peut-être même Greta.

J'attends trois jours.

Un week-end passe. Un week-end assez gris.

Le lundi matin, j'appelle Jacqueline. C'est le jour de ses examens. Elle passera peut-être dans l'après-midi, me dit la stagiaire. Je demande à parler à M. André, il n'est pas encore arrivé. Je m'énerve et je me décide. Je vais au bureau, j'entre sans prévenir et j'arrive à saisir le second comptable, un jeune homme assez timoré, qui commence à perdre ses cheveux lui aussi et dont je sais qu'il fait en secret des claquettes.

Il s'appelle Hervé.

Je lui demande s'ils ont reçu des clarifications, de la part de l'administration, au sujet des factures.

— Quelles factures ? me dit-il.

— Vous n'êtes pas au courant ?

— Excusez-moi, monsieur Dumas : au courant de quoi ?

— Vous savez bien qu'il faut établir une facture, maintenant, avant de recevoir un règlement ?

— Un règlement prévu par contrat ?

— Oui.

— Ah, non, M. André ne m'a rien dit. C'est quelque chose qui vient de tomber ?

— Apparemment.

— On ne m'a rien dit, à moi.

— On aurait dû, tout de même ! Non ? On aurait dû vous prévenir, ou je rêve ?

— C'est-à-dire, monsieur Dumas : moi, je m'occupe plutôt des comptes d'exploitation et des ventes directes à l'étranger. La partie contrats et production relève directement de M. André.

— Donc, vous ne savez rien ?

— Rien en ce qui concerne les factures, je suis désolé, mais remarquez tout de même, je ne devrais peut-être pas dire ça, mais…

Il s'arrête soudain.

— Dire quoi ?

— Oh rien. Non, rien.

— Mais si, dites-moi : qu'est-ce qui vous étonne ?

— Le fait qu'on vous demande une facture pour un règlement prévu par contrat. Je n'en ai jamais entendu parler. Si c'est… si c'est vrai, c'est tout à fait nouveau et je ne… je… M. André, c'est vrai, aurait pu me…

Il s'emmêle un peu, il cherche ses mots, de peur sans doute de proférer imprudemment quelque bêtise. Il dit finalement :

— Parce que, si c'est exact, ça va nous compliquer sérieusement la vie.

Au moment où je me dirige vers la porte, m'apprêtant à quitter son bureau, il me retient :

— Excusez-moi, monsieur Dumas, je peux vous demander quelque chose ?

— Oui, bien sûr.

— Vous savez de quel modèle de facture il s'agit ?

Je ne lui réponds pas et je sors. Hervé s'est-il joué de moi ? Suis-je victime d'une conspiration organisée ? Je ne suis pas du genre à voir des escopettes dans les coins. Mais ça commence. Tout doucement, ça commence.

La stagiaire me rattrape dans l'entrée et me dit à voix basse :

— Monsieur Dumas, je peux vous demander quelque chose ?

— Mais je vous en prie.

Je m'arrête et je l'écoute. Elle n'ose pas me regarder en face, elle bafouille un peu (me sentant nerveux ?), puis elle me dit :

— Comment faites-vous pour rester aussi mince ?

Je suis plutôt surpris, j'ai envie de lui répondre que je mange peu, étant donné que je ne suis pas payé, j'hésite, elle me demande encore :

— Votre femme est aussi mince que vous ?

— Elle est normale. Oui, assez mince.

— Comment fait-elle ?

— Mais… je ne sais que vous dire, je l'ai toujours connue assez mince.

— Elle a de la chance.

— Sans doute.

— Je ne sais pas auprès de qui me renseigner, comprenez-vous ? Je n'ai pas les moyens d'aller voir un nutritionniste, alors je lis des articles dans des magazines, ce qui ne sert à rien, vraiment, c'est pourquoi je demande aux gens que je vois, que je connais un peu, et qui sont minces.

— Oui, je comprends.

— Je leur demande comment ils font.

— Oui, oui (qu'est-ce que c'est que cette conversation ?).

— Qu'est-ce que vous avez supprimé ? Qu'est-ce qu'il faudrait que je fasse ? Dites-moi ! Quand je me vois dans une glace, vous savez, je commence à avoir un peu honte.

Désireux d'abréger, je dis :

— Vous devriez couper le sucre.

— Le sucre ?

— Oui, les gâteaux, les croissants, les tartes, les pizzas, tout ça. Vous devriez le couper. Radicalement.

Je lui répète ce que j'ai lu récemment, par hasard, dans un journal féminin. Ce qu'on lit partout, d'ailleurs. Je suis effrayé, moi aussi, en voyant l'espèce humaine s'épaissir, s'alourdir, de semaine en semaine. Toutes ces barriques de dix-huit ans qui peinent à se hisser dans les escaliers du métro. C'est un phénomène social, lui dis-je, péremptoire. Un signe mystérieux des temps. La moitié de la planète meurt de faim, l'autre moitié gonfle à éclater.

J'ajoute :

— Et il ne tient qu'à vous d'arrêter de grossir.

— Alors, vous l'avez remarqué ?

— Qu'est-ce que j'ai remarqué ?

— Que je suis trop grosse.

— Je n'ai pas dit ça.

— Oh, allez, je le sais, il suffit de voir comment les gens me regardent.

— Coupez le sucre et vous verrez bien. Dans certains cas, le changement se note en quelques jours.

— Je vous remercie, monsieur Dumas. Et excusez-moi de vous avoir dérangé.

— Ce n'est rien.

— Vous comprenez, je n'ose en parler à personne.

Elle se faufile dans son petit cagibi, et c'est vrai que sa chair se frotte aux angles des meubles. J'apprendrai dans les jours suivants qu'elle en a parlé à M. André, à Hervé et à Jacqueline. Seul le producteur, pour le moment, a échappé à ses alarmes. Sans doute pense-t-elle qu'il est le seul, lui le patron, à détenir la solution. Mais comment lui poser la question ?

*

Deux jours plus tard, un matin, le producteur lui-même m'appelle. Il paraît furieux et je l'entends me dire, comme si j'étais coupable de quelque chose :

— Dites-moi, Jean-Michel, qu'est-ce que c'est encore que cette histoire de chèque ?

— Comment ? Mais c'est toujours au sujet de ce règlement que…

— Un règlement qui vous concerne ?

— Oui, celui du mois d'octobre, vous savez bien, celui que…

— Oui, oui, je suis au courant. Le dernier versement pour votre script. Prévu par contrat. Oui, bien sûr. Et Jacqueline me dit que ce n'est toujours pas réglé ?

— Non.

Il élève soudain la voix :

— Mais comment est-ce possible ?

— Je ne sais pas.

— Je l'ai fait, ce chèque ! Je l'ai signé, je me vois encore le signer ! Vous ne l'avez pas reçu ?

— Je n'ai reçu qu'une photocopie.

— Et pourquoi ?

— Je n'en sais rien. Avec le chèque, vous savez, il y avait votre carte de visite.

— Et alors ?

— Avec un mot de votre main. Et aussi un fax.

Il écarte brusquement ma remarque :

— Enfin, il faut tout de même qu'on en finisse avec ce chèque ! Je déteste laisser traîner les choses comme ça ! Qu'est-ce qui s'est passé ? Il y a quelque chose que vous auriez dû faire et que vous n'avez pas fait ?

— Non. À part cette histoire de facture, mais si je peux me permettre…

— Où ça en est, ça, à propos ?

— Justement, j'attendais que Jacqueline me rappelle pour me dire quel modèle je dois remplir.

— Vous ne le savez toujours pas ?

— Mais non.

Toujours très irrité d'être aussi mal servi :

— Comment ça se fait ?

— Personne au bureau n'était au courant. Ni Jacqueline, ni M. André, ni Hervé.

— Jean-Michel, vous voyez avec quoi je dois travailler ? Hein ? J'espère que vous appréciez ! Et que vous en parlerez autour de vous ! Personne n'est jamais au courant de rien, autour de moi ! Quand je vous le dis, vous ne me croyez pas ! Si je ne fais pas les choses moi-même, autant fermer boutique tout de suite ! Maintenant, écoutez-moi bien.

— Oui, je vous écoute.

J'écoute et j'entends :

— Il faut absolument en finir avec cette histoire cette semaine, car ça me tarabuste. Et je compte sur vous.

— Mais pour faire quoi ?

— Pour les remuer un peu ! Moi, ils ne m'obéissent plus, vous comprenez ? C'est comme si je parlais à des chaises vides ! Avec cette histoire de déménagement, en plus, maintenant ils se prennent la tête, ils ne pensent qu'à ça ! Et ils crient partout que ça va leur faire perdre du temps, naturellement ! Qu'ils ne pourront rien faire d'autre !

— Quel déménagement ?

— Des bureaux.

— Vous déménagez ?

— Vous ne le saviez pas ?

— Mais non.

— Jacqueline ne vous a pas mis au courant ?

— Pas du tout.

— Ici, c'était vraiment trop petit, c'est vrai, ils étaient tous les uns sur les autres. Et puis les loyers, dans Paris, excusez-moi, vous ne vous en rendez peut-être pas compte, mais c'est devenu surréaliste !

— Vous allez où ?

— À Levallois. Dans un ancien entrepôt réaménagé. Pas mal, vous verrez, c'est grand, c'est assez clair. Tranquille. Les travaux ne sont pas tout à fait finis, au début il faudra un peu camper, mais bon.

— Et vous déménagez quand ?

— Mais c'est déjà commencé ! Ils sont là depuis ce matin, et il faut voir à quelle allure ça va ! Eux, au moins, c'est des professionnels ! Pas comme l'équipe de bras cassés qui font semblant de s'occuper autour de moi !

Je frémis d'imaginer les papiers qui me concernent – mon contrat surtout, et la très précieuse photocopie de mon chèque – éparpillés dans différentes caisses, que je vois déjà entassées dans un entrepôt de Levallois. J'imagine M. André, Hervé, Jacqueline et la stagiaire lourde errant au milieu de ces caisses, discutant, tentant vainement de se repérer.

J'entrevois le naufrage.

7

J'ai peut-être encore une chance de sauver quelque chose. Sans en parler à ma femme, je file dare-dare au bureau, j'arrive en plein branle-bas. Des hommes vigoureux, silencieux, aux gestes sûrs, transportent des dossiers empilés dans des caisses, des ordinateurs, des sièges, des lampes, tout un matériel que je reconnais. Je vois ces objets défiler devant mes yeux dans l'escalier et dans le couloir. Cela me semble un cauchemar inattendu. Depuis dix ans, je m'étais habitué à cet endroit même si, ces derniers temps, j'y venais le plus souvent pour rien.

Et l'endroit s'efface sous mes yeux.

Jacqueline est debout au milieu d'une pièce vide, sa pièce, qui paraît soudain beaucoup plus grande. Sa table de travail est nue. Elle tient à la main un petit vase avec quelques fleurs. Sans doute ne veut-elle pas les abandonner, mais où les poser ? Des gouttes d'eau tombent sur la moquette. Dans l'autre main, elle porte la caisse molletonnée de Greta, laquelle va d'une pièce à l'autre en gémissant.

Dans ces cas-là, on dit des chiens : « Ils sentent quelque chose. »

Jacqueline est hors d'elle, égarée, elle regarde de tous les côtés. Sans lâcher ni les fleurs ni la caisse, elle échange quelques mots avec Hervé, lui aussi hagard, crayon et bloc-notes à la main. Ils ont perdu quelque chose. Déjà enlevé, parti ? Encore quelque part ? Ils ne peuvent pas dire. Apparemment, ils ne savent même pas très bien ce qu'ils cherchent.

Je demande assez bêtement à Jacqueline :

— Alors ? Vous partez ?

— Vous voyez.

— Vous le saviez ?

— Pas depuis longtemps. Il s'était bien gardé de nous mettre au courant.

— Et ça vous plaît ? Vous êtes d'accord ?

— D'accord avec quoi ?

— Avec ce déménagement.

— Moi ? Mais vous plaisantez ! (Elle n'arrête pas de chercher quelque chose.) Quand je l'ai su, par hasard d'ailleurs, parce que quelqu'un de l'extérieur me l'a dit, j'ai tout fait pour m'y opposer ! Pendant des mois ! J'ai même accepté de baisser mon salaire pour rester ici, c'est vous dire ! Mais quand il a quelque chose dans la caboche, vous le connaissez ! Comme tête de mule, il se pose un peu là ! Et je suis dans une belle embrouille, maintenant ! Je n'y retrouverai jamais rien, je le lui avais dit ! J'ai ma manière à moi de ranger mes affaires ! Si on y touche, je suis perdue ! Et ça y est ! Ça y est, c'est parti ! Tant pis pour lui ! Qu'il ne compte plus sur moi ! Qu'il se débrouille ! Il verra bien comment ça se passe sans moi !

Elle paraît s'apercevoir de ma présence, malgré les larmes qui semblent sur le point de lui venir aux yeux, et elle ajoute (ce qui ne me rassure guère) :

— Quelles brutes ! Mais quelles brutes ! J'avais beau leur dire de faire attention, allez donc ! Et que je te fourre tout n'importe où ! Je les ai même vus déchirer des pages ! Il me faudra au moins trois mois pour tout remettre en ordre ! En ne faisant que ça ! Et encore ! Si j'y arrive !

La laisse de Greta s'est entortillée autour de ses jambes. Jacqueline fait un faux mouvement, perd l'équilibre et tombe avec un cri. Elle tombe même dans mes bras. Je la soutiens comme je peux, car elle est lourde, mes doigts s'enfoncent dans sa substance, elle jure grossièrement (elle en est capable) tandis que je l'aide à se remettre droite et digne. Greta aboie, naturellement. Je m'assure que tout va bien, qu'aucune cheville n'est tordue.

Et je lui demande, soucieux de ne pas l'humilier, comme si rien ne s'était passé :

— Vous avez eu des nouvelles, pour ma facture ?

— Pour quoi ?

— Pour ma facture, vous savez ?

— Mais quelle facture ?

— Le papier, de la part de l'administration. Ils devaient envoyer le bon modèle.

— Il faut voir ça avec M. André, moi je ne sais pas. Mais ça m'étonnerait qu'il ait le temps de vous répondre aujourd'hui. Il est comme moi, pire que moi, même. Il paraît qu'en le débranchant ils lui ont détraqué son ordinateur ! Tous ses bilans étaient dedans et il ne les retrouve plus ! Envolés, liquidés ! Tous ! Je vous préviens, il n'est pas à prendre avec des pincettes !

— Et le patron n'est pas là ?

— Le patron, il vient de partir à Biarritz, pour une cure de thalasso.

— Mais je l'ai eu au téléphone il y a moins d'une heure !

— Oui, je vous l'ai dit, il vient de partir ! En nous laissant tout sur les bras !

— Mais il m'a appelé pour me dire qu'il fallait régler cette affaire au plus vite !

— Quelle affaire ?

— La mienne ! C'est pour ça que je suis venu ! Pour mon chèque, enfin ! Écoutez, Jacqueline, c'est lui-même qui le dit, et il a raison, tout ça traîne depuis des mois maintenant et il faudrait vraiment que je…

— Oui, Jean-Michel, je sais, oui ! Je sais très bien, mais n'espérez surtout pas, même s'il vous l'a promis, que nous allons tout régler dans les jours qui viennent ! Ça, sûrement pas ! Avec tout ce chambardement, imaginez un peu ! Le temps de tout ranger, et d'abord de finir les peintures et l'électricité là-bas…

— Parce que ce n'est pas fini ?

— Pensez-vous ! Il y a tout à faire ! Même le chauffage qui a pété hier matin, à ce qu'il paraît ! Il y aurait de la flotte partout ! Avec mes rhumatismes, si vous croyez que ça me fait sourire ! Déjà que je ne tiens plus sur mes jambes ! Et ensuite, quand nous pourrons nous installer, il faudra tout récupérer, reclasser, les échéanciers, les dossiers de presse, tout ça, mais vous vous rendez compte ? Alors qu'ici nous avions tout à portée de la main !

— Ça prendra combien de temps ?

— Aucune idée. Mais au moins jusqu'à Pâques ! Et quand je dis Pâques ! Vous savez bien, dans ces cas-là, c'est toujours plus long que prévu. Les entrepreneurs vous mentent comme pas possible.

J'essaie de trouver une chaise pour m'asseoir : il n'y a plus de chaise.

Je demande quand même, d'une voix que je sens s'affaiblir peu à peu (c'est à cette faiblesse de voix que je sens, que j'entends que je perds peu à peu tout courage) :

— Donc, pour le modèle de facture, on ne sait toujours pas ?

— Pas que je sache.

— Qu'est-ce que vous me conseillez ?

— Vous lui avez demandé une avance ?

— Une avance sur quoi ?

— Sur votre chèque.

— Mais, Jacqueline, c'est de l'argent qui m'est dû ! Qui aurait dû m'être payé depuis longtemps déjà ! Je n'ai pas à demander une avance sur de l'argent qu'on me doit depuis des mois, tout de même ! Une avance, ça se demande *avant* les échéances, et non pas après !

— Ne vous énervez pas. Je disais ça pour vous dépanner. Au cas où vous en auriez vraiment besoin. Mais si vous pouvez attendre...

— Mais je n'ai pas dit que je pouvais attendre ! Bien sûr que j'en ai besoin ! Je comptais absolument sur ce versement ! De quoi croyez-vous que je vis ? Je ne parle même pas du film polonais...

— Oh, ça...

Elle fait un geste comme si elle balançait quelque torchon par-dessus son épaule. Pas son affaire.

Je lui demande :

— Quoi ? Que voulez-vous dire ?

— Je lui avais dit de ne pas se lancer là-dedans ! Vous êtes témoin ! Je le lui avais dit sur tous les tons ! J'étais sûre qu'il allait y laisser sa chemise ! Ça n'a pas loupé !

— C'est si grave que ça, pour lui ?

— Je ne sais pas exactement combien il avait mis dedans, je ne peux pas vous dire.

— Qu'est-ce qu'il avait à sa charge ?

— Toute la partie française. Vous, en particulier.

— Moi ?

— Oui, je crois bien (elle hésite un peu, en voyant ma tête).

— Ce n'est pas ce qu'il m'a dit. Il m'a dit que…

— Vous savez, me dit Jacqueline, je ne connais pas bien ce dossier. Je peux me tromper (soudain prudente). Et puis, ne lui dites surtout pas que je vous en ai parlé. Il me tuerait.

Elle dit souvent ces trois mots en parlant de lui : « Il me tuerait. » Par moments j'ai l'impression que, secrètement, c'est bel et bien ce qu'elle désire. En tout cas d'être maltraitée par lui, et même blessée, meurtrie jusqu'au sang. Presque un délice.

— De toute façon, lui dis-je, ce n'est pas moi qui vais le ruiner, avec ce que je touche. Et si les autres sont payés comme moi…

— Excusez-moi, Jean-Michel, me dit-elle en essayant d'attraper sa chienne gémissante, mais je n'ai pas beaucoup de temps, comme vous voyez.

— Oui, je comprends.

Je l'aide à saisir Greta, que la chute de sa maîtresse paraît avoir traumatisée, et qu'elle s'efforce de rassurer par des caresses, par des paroles. J'en aurais bien besoin, moi aussi.

Hervé entre à ce moment-là dans le bureau apparemment sinistré de Jacqueline et me dit :

— Ah, monsieur Dumas, je vous cherchais…

— Oui ?

— Ils ont finalement rappelé, de la direction administrative.

— Et alors ?

— Alors, apparemment, ils ont changé d'avis. Ils abandonnent cette idée de facture, au moins pour les trois mois à venir. C'était trop compliqué, d'après eux.

— Et ensuite ?

— Ensuite, ils verront. Ils ne savent pas, pour l'instant.

— Ils reviennent à l'ancien système ?

— Ils n'y reviennent pas, ils y restent. Pour les trois prochains mois, en tout cas. Ils attendent de nouvelles directives. La tentative était prématurée, c'est ce qu'ils ont dit. À mon avis, ça traînera jusqu'à la rentrée.

— Alors, qu'est-ce que nous faisons ?

— Je ne sais pas au juste. Vous en avez parlé à Jacqueline ? Elle est la seule à pouvoir décider, ces jours-ci.

— Jacqueline m'a parlé d'une avance.

— D'une avance sur quoi ?

— Sur mon chèque.

— Les avances, c'est toujours délicat, dit alors Hervé en se caressant le bout du nez, ce qui semble l'aider à réfléchir. C'est, en tout état de cause, l'opinion de M. André. Il faudrait voir si nous avons le droit. Et pour ça, nous avons besoin du contrat.

— Et alors ?

— Comment voulez-vous que je retrouve votre contrat, dans tout ça ?

— Mais j'en ai une copie à la maison, lui dis-je, je peux vous l'apporter.

— Il faudrait que vous puissiez nous l'apporter à Levallois.

— Je veux bien. Quand ? Demain ? Demain matin ?

— Auparavant laissez-moi en parler à M. André et je vous rappelle (prudent lui aussi).

— Il est où, M. André ?

— Il a dû apporter son ordinateur chez un spécialiste. Il en a pour un bout de temps, je l'ai eu il y a une demi-heure sur son portable.

Jacqueline, qui s'apprêtait à sortir, revient vers moi et me demande :

— Jean-Michel, je peux vous poser une question ?

— Mais oui.

— Il y a longtemps que je voulais vous le demander : pourquoi vous n'avez pas d'agent ?

— Oh, parce que…

— Parce que les agents, dit-elle en me coupant, c'est fait pour ça. Quand il y a une difficulté, ou un oubli, c'est à eux d'intervenir. Et, en général, ils savent comment s'y prendre. Vous vous rendez compte ? Tout le temps que vous auriez épargné ?

— Vous croyez qu'avec un agent je l'aurais obtenu, mon chèque ?

— Ça, je ne sais pas, me répond-elle, un peu embarrassée par ma question. Comment voulez-vous que je le sache ? Tout dépend de l'agent, évidemment. En tout cas, il aurait fait le nécessaire à votre place. Il vous aurait évité tous ces va-et-vient. Et pour les factures, c'était à lui de se renseigner.

— Oui, peut-être, mais de toute façon c'est trop tard.

Je ne veux pas me lancer dans de trop longues explications. Deux agents m'ont fait des avances, depuis quelques années, depuis que je travaille, depuis qu'on commence à parler un peu de moi, mais jusqu'à maintenant je me faisais fort de me débrouiller tout seul, et de gagner ainsi les 10 % de commission. C'est la première fois que je regrette de ne pas avoir quelqu'un pour m'aider, pour faire le méchant – ou la méchante – à ma place.

Faudra-t-il que j'en vienne là ?

8

Je rentre chez moi. Par chance, j'ai dégotté un petit travail pour un éditeur. Là aussi, il s'agit de corriger quelque chose : les mémoires d'un vieux comédien que j'ai rencontré à plusieurs reprises, un personnage capricieux, qui s'étonne sans cesse que je ne connaisse pas mieux sa vie, sa carrière, et qui semble se demander pourquoi l'éditeur m'a choisi pour l'aider, moi qui n'ai presque rien publié. Plus tard, lorsque le livre paraîtra, il me mettra comme dédicace : « À Jean-Michel, que j'ai vu venir avec ses grands ciseaux. »

Trois fois rien. Et très peu d'argent – mais au moins payé, celui-là. Je fais de mon mieux, je m'ennuie durement, j'efface et je récris tout, ou presque. Ma femme, une fois de plus, me supplie de m'asseoir, de m'isoler quelque temps à la campagne s'il le faut, et d'écrire un *roman*. C'est le mot magique, entre ses lèvres : un *roman*. Si j'écrivais un roman (à succès, cela s'entend), toutes les portes s'ouvriraient devant moi. Et, naturellement, quelqu'un pourrait l'adapter pour en faire un film. Coup double.

Mais j'ai la tête ailleurs, et aucune idée de roman, pour le moment, ne me traverse. J'en écrivis un, à mes débuts, il y a quatorze ans, j'étais encore étudiant, un jeune éditeur osa le publier, j'en vendis quatre cents exemplaires avec une assez bonne presse. Il s'agissait d'une histoire autobiographique, évidemment, comme pour tous les premiers romans (des amours de jeunesse en province, décevantes). Et je n'ai jamais récidivé.

Sans doute, comme me l'a dit un autre éditeur (qui n'avait pas lu mon premier roman et me l'avoua), ne suis-je pas un romancier. Cela peut arriver.

L'éditeur disait même :

— Il n'y a là rien de déshonorant.

J'en suis persuadé.

*

Deux journées passent. Un matin, soudainement, M. André m'appelle :

— Allô, monsieur Dumas ?

— Oui.

— Alors voilà, j'ai reçu le bon formulaire, finalement.

— Pour la facture ?

— Oui, pour votre facture.

Je m'étonne :

— Mais je croyais que c'était annulé, qu'on n'avait plus besoin d'une facture !

— C'est ce qu'ils avaient dit. Mais si vous voulez mon avis, il vaut mieux en prévoir une tout de même. Apparemment, ils sont en désaccord, à la direction. Ça dépend des services. Ils disent blanc le matin et noir le soir. Il vaut mieux prévoir les deux solutions. Les deux méthodes.

— Alors, qu'est-ce que je fais ?

— Vous pourriez venir à Levallois ?

— Bien sûr.

— Je pourrais vous envoyer quelqu'un chez vous, mais ce serait quand même plus commode si vous passiez.

— Oui, oui.

— Et plus rapide.

— Je comprends. Quand voulez-vous que je passe ?

— Écoutez, quand vous voulez, dès que nous aurons retiré nos affaires du garde-meubles.

— Qu'est-ce qui est au garde-meubles ?

— Le matériel.

— Le matériel de bureau ?

— Oui, bien sûr. Nous n'avons rien pu garder dans les nouveaux locaux, vous comprenez.

— Pourquoi ?

— À cause des fuites. Et des dossiers qui prenaient l'eau à la moindre averse. Les assurances n'auraient jamais marché, en cas de sinistre.

— Vous voulez dire que tout est au garde-meubles ?

— À peu près tout. Sauf mon ordinateur, qui reste toujours en observation.

— Vous ne l'avez pas récupéré ?

— Non. Il faut faire venir un spécialiste de Hollande. Sinon, ils disent que tout restera bloqué. Que le disque dur est nase. Et tous mes bilans sont dedans, je ne sais pas si vous vous rendez compte.

Je lui dis que je me rends très bien compte de son malheur et que j'y compatis, que je le partage, d'autant plus que je suis moi aussi concerné, sans aucun doute, par le blocage de l'ordinateur. Mon chèque est quelque part là-dedans, égaré parmi des millions de rouages. Une petite chose insignifiante. Invisible. Miniaturisée. Et je parie que je ne suis pas le seul.

J'en profite pour demander à M. André des nouvelles du producteur, et ce qu'il pense de tout ça. Le producteur va bien, me répond-il, pour autant qu'il sache (par ouï-dire), mais il ne peut pas interrompre sa cure. Pourquoi ? Parce que c'est le genre de cure qu'il ne faut surtout pas interrompre, sinon le patient doit tout recommencer depuis le début. Et le patron a sa tension à surveiller, n'oublions pas.

— Il aura fini quand ?

— Dans une huitaine. Remarquez (ajoute M. André), ça tombe assez bien : qu'est-ce qu'il aurait fait dans un local vide, avec des flaques d'eau partout ? Vous l'imaginez pataugeant là-dedans ?

— Vous avez sans doute raison.

— Il vaut mieux régler d'abord les problèmes de plomberie, après on verra.

— Vous ferez revenir les meubles ?

— Évidemment. Les meubles, c'est toujours un problème, en cas de travaux. Où les mettre ? On ne peut pas constamment les déplacer d'une pièce à l'autre. Ou les empiler. Moi, ça m'est arrivé il n'y a pas longtemps. J'ai eu des ennuis de joints dans ma salle de bains, figurez-vous, et comme ma femme possède un nombre incroyable de flacons, vous n'imaginez pas ce que j'ai vécu !

— Mais si, je peux imaginer, je…

— Il a fallu tout étiqueter, tout bien ranger dans des cartons, numéroter les cartons, tout transbahuter dans la chambre, je ne vous dis pas. Elle est un peu maniaque, ma femme, de ce côté-là.

— Oui, je comprends, mais…

— Elle a vingt-huit ou vingt-neuf rouges à lèvres, je ne sais plus combien exactement, il faut qu'ils soient bien disposés, dans le bon ordre. Elle me dit toujours : il faudrait que je puisse prendre n'importe quel rouge les yeux fermés, sans me tromper. Vous vous rendez compte ?

— Oui, je me rends compte.

— Heureusement, elle n'est pas comme ça pour tout, me dit M. André en se mettant à rire très fort, soudain, au téléphone, tandis que je me demande quelle plaisanterie, exactement, il vient de risquer.

— Oui, heureusement, dis-je avec prudence, en ayant l'air de m'amuser moi aussi, mais sans bien saisir.

— Si elle était comme ça pour tout, dites donc !

Je l'entends rire encore pendant sept ou huit secondes (je cherche en vain ce qui l'amuse à ce point-là), puis il se calme.

Je tente alors une manœuvre :

— Monsieur André, je peux vous demander quelque chose ?

— Mais bien sûr.

— Puisque nous n'avons pas besoin d'une facture…

— C'est-à-dire, ce n'est pas absolument certain, mais…

— … mais on peut faire sans ?

— Oui, enfin, il faut voir, il faudrait que je m'en assure. Si je tombe sur le bon service…

— Ma question est simple : qu'est-ce qui s'oppose à ce que, par exemple, on me fasse une avance ? J'en ai déjà parlé à Jacqueline et à…

— Oui, oui, Hervé me l'a dit. Vous savez, les avances, je vous parle franchement, nous n'aimons pas beaucoup ça. Nous préférons respecter les échéanciers et payer les sommes régulièrement, quand elles tombent. Les avances, ça complique tout.

— Comment ça ?

— Il faut ouvrir un compte à part, c'est très compliqué, ça crée des reliquats. En plus, avec le désordre où nous nous trouvons en ce moment, pour ne pas employer un autre mot…

— Il y a du désordre ?

— Quoi ? Mais vous ne savez pas que nous avons failli demander l'intervention d'un service de gestion ?

— Comment ça ?

— Oui, d'un organisme spécialisé, qui mettrait tout à plat, selon leur nouveau système.

— Tous vos comptes ?

— Bien sûr. Les comptes, les contrats, les salaires, les bilans, tout. Avec ces changements qui n'arrêtent pas, vous comprenez, on ne s'y reconnaît plus. La banque nous remonte les bretelles. Le fisc, je n'en parle pas. Et nous ne sommes pas les seuls. Tous mes collègues sont comme moi. Dans un vrai pétrin. Vous avez fait de la comptabilité, monsieur Dumas ?

— Non, pas vraiment.

— Vous ne le savez peut-être pas, mais quelqu'un comme moi, avec toute ma formation, je suis obligé de me recycler au moins une fois par an ! Oui, de suivre des stages ! À mon âge ! Les données changent sans arrêt, comme les méthodes de calcul ! Même les concepts évoluent ! Et les règlements internationaux, je ne vous dis pas ! Chaque fois qu'un nouveau pays entre dans l'Europe, pour nous c'est un cauchemar comptable qui s'annonce ! Il y a toujours un petit quelque chose à modifier, parce que ceci, parce que cela. Si vous ajoutez à ça toutes les bourdes des ordinateurs, tous leurs caprices, toutes leurs fantaisies, alors on n'en sort plus ! Vous savez qu'il y a des ordinateurs qui refusent de payer Untel ou Untel ?

— Pour quelle raison ?

— Mais on n'en sait rien ! Ils refusent, c'est tout ! Ils paient Pierre, et ils refusent de payer Paul ! Point final ! Et quand un ordinateur refuse quelque chose, aujourd'hui, comme ils ont pris le pouvoir, vous pouvez toujours lui taper dessus ! Non, c'est non ! Tous les mécanismes intérieurs des ordinateurs, vous savez qu'ils sont fabriqués en Chine ?

— C'est vrai ?

— Et comment ! Il paraît qu'ils sont étudiés pour durer trois ans, après ça explose. C'est leur truc, aux Chinois. Ils calculent le point d'usure. Et si ça se trouve, c'est ce qui est arrivé au mien. Il était peut-être en bout de course.

— Vous croyez que c'est à cause d'un ordinateur que je n'ai pas reçu mon chèque ?

— Peut-être. Il faudrait voir. C'est déjà arrivé. Dès que mon ordinateur sera débloqué, s'ils y arrivent, je vous…

— Mais le chèque existe, j'en ai reçu une photocopie, il a été fait, je l'ai vu !

— Oui, il existe, moi aussi je l'ai vu, mais si ça se trouve, il a été établi en cachette de l'ordinateur, vous comprenez ? Sur un coin de table, comme ça, en vitesse. Et si on le lui présentait en vrai, pour confirmation et entrée dans les bilans, peut-être qu'il le refuserait ! Oui, c'est concevable ! On ne sait jamais avec ces machines-là ! Aujourd'hui, c'est elles qui nous commandent, ne nous faisons pas d'illusions ! Et je ne vous parle même pas des virus !

— Donc, ce formulaire que vous avez reçu…

— Oui, je vous appelais pour vous prévenir, il est arrivé ce matin, mais pour le moment nous ne pouvons rien en faire. Il faut attendre que tout rentre dans l'ordre. En plus se posera le problème du virement.

— C'est-à-dire ?

— En principe, les règlements par chèques vont être interdits très prochainement.

— Voilà autre chose, dis-je.

— C'est déjà le cas pour un grand nombre d'entreprises. Un décret est passé au mois de décembre. On règle par virement bancaire, maintenant.

— Et pourquoi ?

— Ne me le demandez surtout pas ! Je n'en sais rien ! Ce que je vois, c'est simple : dès que nous sommes habitués à un système, hop ! On en change !

— Mais il doit bien y avoir une raison ?

— Oui, sûrement fiscale. Plus facile à contrôler, j'imagine. Tout se fait directement de banque à banque. Et puis, ça évite les chèques en bois, évidemment. Mais bon.

— Donc, je ne pourrai pas toucher mon chèque, même si je le reçois ?

— Les chèques, c'est comme les voitures à pédales, ça fout le camp, monsieur Dumas. Vous pourrez peut-être encore encaisser le vôtre, mais il faudra des formulaires spéciaux, que nous n'avons pas encore reçus, naturellement. En tout état de cause, si j'étais vous, je me procurerais un RIB, ça au moins c'est facile, et je le tiendrais en réserve. Ou même vous pourriez me l'envoyer… Non, attendez, ne me l'envoyez pas, je ne saurais pas où le ranger en ce moment. Mais tenez-le au chaud. Au cas où.

Il me dit alors qu'il doit me quitter car il a du travail (quel travail, si tout est arrêté ?), et il raccroche.

*

Je reste avec mes inquiétudes. Je songe un instant à me rendre à la banque pour me procurer un RIB, mais à quoi bon ? À quoi cela m'avancera-t-il ? Et de toute façon, il est trop tard, la banque est fermée.

Ma femme a emprunté un peu d'argent à sa mère, qui n'a jamais approuvé mon choix de vie (j'ai donné, selon elle, dans le « miroir aux alouettes »), et qui ne les lâche qu'avec réticence. Pas méchante, non, mais réfléchie. Prudente. Et préférant la télévision au cinéma (ça existe). Elle dit qu'avec la télévision, au moins elle reste chez elle. Elle ne va pas s'exposer dans des salles douteuses qu'elle ne connaît pas.

En fait, ma femme ne me l'a appris que récemment, sa mère nous demande toujours un petit intérêt sur les prêts qu'elle nous consent. Après tout, dit-elle, elle pourrait placer cet argent ailleurs. Elle ne dit pas où.

Suis-je plus sûr qu'un placement en Bourse ? J'en viens à me le demander.

9

Huit jours passent ainsi. Nous sommes maintenant vers le milieu du mois de février. Ma femme a trouvé une traduction à faire (elle est d'origine hongroise et connaît aussi, assez bien, le russe) et j'ai presque terminé mon travail avec le vieux comédien, qui chipote et chicane sur tout, ce qui m'exténue. Il me bassine avec des pièces de boulevard qui se sont enfuies de toutes les mémoires. En plus, je devrais connaître tous les films de seconde zone où il est apparu dans les années 1960 et 1970 : c'est au-dessus de ma patience visuelle. Il faut aussi que je lui explique, jour après jour, pourquoi tel ou tel moment de sa vie ne présente aucun intérêt. Toujours difficile de dire ça à quelqu'un.

En plus, il tient à conserver dans son livre le récit (détaillé) de plusieurs de ses aventures féminines, et même les noms de ses conquêtes, ce qui pose des problèmes délicats car certaines dames sont encore vivantes. Il dit que l'érotisme a beaucoup compté dans sa vie, grand bien lui fasse, et que ces passages-là feront vendre, ce qui n'est pas sûr. Deux avocats consultés ont été très clairs sur ce chapitre : prudence totale. L'éditeur est de cet avis. Il ne veut pas entendre parler de ces épisodes-là, malgré quelque parfum de fesse. Et surtout pas de noms !

Le comédien s'irrite, ruse, boude, s'en va, revient : des heures pour rien.

*

Quatre jours après la fin de la cure de Biarritz (laquelle, me dit le producteur au téléphone, ne lui a fait « aucun bien, au contraire »), il accepte de me recevoir dans les nouveaux bureaux de Levallois, où je n'ai encore jamais mis les pieds.

Les locaux sont grands, en effet, spacieux même, avec vitrages (chaud l'été) et des traces d'eau sur le sol. Une serpillière grise dans un coin. Deux arbres fatigués, dans une petite cour, se demandent ce qu'ils font là. Ils me donnent l'impression de se sentir menacés, eux aussi. En sursis, en transit. Les arbres de banlieue doivent voir foncer des bulldozers dans leurs mauvais rêves.

Des ouvriers sont présents, ainsi que Jacqueline, qui semble diriger les choses, ou qui fait semblant. Quelques meubles sont revenus, et on espère le retour de l'ordinateur de M. André dans l'après-midi. Un semblant de reprise.

— Il vous attend au bistrot, me dit Jacqueline, dès qu'elle me voit.

— Quel bistrot ?

— Juste au coin, à droite. Ça s'appelle La Petite Joconde. Vous ne pouvez pas vous tromper, c'est le seul.

— Pourquoi La Petite Joconde ?

— Ah, je n'en sais rien. Tout ce que je sais, c'est que ce n'est plus le Fouquet's. Ah, ça non.

(Je rappelle qu'elle a toujours ressenti quelque humiliation à n'avoir jamais été invitée au Fouquet's, pas plus qu'à l'hôtel Excelsior, à Rome, et sans doute refuserait-elle de l'être maintenant à La Petite Joconde, car ce serait pour elle une dégringolade.)

Je lui demande :

— C'est bon, ce bistrot ?

— Qu'est-ce que vous voulez que ce soit, avec un nom pareil ? C'est de la tambouille.

— Il y est déjà ?

— Il vient d'appeler, je vous dis ! Il vous attend !

Je la sens nerveuse, ce qui m'inquiète. Peu aimable, le regard oblique. Elle tremble sur ses talons trop minces.

Je sors et je me dirige vers La Petite Joconde, facile à repérer dans une rue sans joie. J'entre. Je craignais un restaurant italien, je me trompais. C'est le genre céleri rémoulade et tête de veau. Peu de chose à voir avec Léonard.

Je m'assieds en face du producteur, qui est seul et qui termine un coup de fil soucieux sur son portable. Quelque chose le chagrine. Il me dit à peine bonjour et il tend la main pour me faire changer de place et m'asseoir à côté de lui, devant une petite table rectangulaire. Il est songeur, comme amolli, le regard au loin. Est-ce la cure ? Je crois bon, quand il range son téléphone, de lui demander ce qui ne va pas. Il me répond par une question :

— Qu'est-ce que vous en pensez, vous, de tout ce qui se passe ?

— De quoi ?

— Du réchauffement de la planète. De la pollution, de la montée des océans, du climat qui change. Tout ça. Vous croyez que c'est sérieux ?

— On dirait bien.

— Je vous demande ça, à vous, parce que je sais que ça vous inquiète.

Il n'a pas tort, et sa mémoire est bonne. Neuf ans plus tôt, je venais à peine de le rencontrer, j'ai écrit une série d'articles prophétiques dans un journal confidentiel. Je lui en avais parlé, tout au début de nos relations. Peut-être même les avait-il lus, je ne m'en souviens pas. Pour la première fois depuis trois ans, il y revient. Toute sa tête.

Naturellement, je tombe droit dans le panneau. Je lui réponds, je me mets à parler, je dis ce que je sais, ce que tout le monde sait aujourd'hui, plus ou moins : des pans du Bangladesh qui s'écroulent dans la mer, la Floride bientôt submergée, comme la Camargue et d'autres deltas, les forêts du Cameroun dévastées, les ours polaires en sueur qui se traînent sur des lambeaux de banquise.

Il m'écoute avec attention, de temps en temps il me relance en disant par exemple :

— Il paraît que les mantes religieuses sont arrivées jusqu'en Lorraine, où on ne les connaissait pas. Vous croyez que c'est grave ?

— Pas pour elles, en tout cas.

— Et les scorpions remonteraient le long de la vallée du Rhône.

Je me demande un instant, fugitivement, ce que les mantes religieuses et les scorpions viennent faire dans nos petits problèmes. Je ne les attendais pas. Je n'étais même pas au courant de ces migrations soudaines. D'où tient-il ça ? Comment s'informe-t-il ? Préoccupation vite chassée par une autre question du producteur :

— Vous croyez que le midi de la France pourrait devenir le Sahel ? La région de Montpellier, par exemple ? Et aussi la Provence ?

— On le dit. Et malheureusement le contraire n'est pas vrai.

— Le contraire ?

— Que le Sahel devienne le midi de la France. Là-bas, la sécheresse est de plus en plus dure.

— C'est pour ça que les Africains foutent le camp ?

— Pour ça, oui, et pour tout un tas d'autres choses.

— Mais qu'est-ce qu'on peut faire ? Je songeais justement à m'acheter une maison dans le Midi. J'en ai un peu marre de Paris, pas vous ? Mais si la mer doit monter, et s'il faut faire la queue des heures pour un seau d'eau, ça fait réfléchir, tout de même. Alors ? Dites-moi ce qu'on peut faire ! Vivre derrière des digues ? Creuser des puits ? Nous pouvons faire quelque chose, ou non ?

Comme si c'était à moi de le lui dire. À cause de ces articles dont j'ai eu tort de lui parler, naguère.

Il dit encore :

— Et avec le niveau des mers qui monte, comment se fait-il que nous manquions d'eau ? Après tout, la mer, c'est de l'eau ! De l'eau salée, d'accord, mais de l'eau !

La réponse serait à la fois simple et compliquée. Je préfère ne pas m'y risquer.

Tout en attaquant un merlan en colère (pas mal, le bistrot, je le dirai à Jacqueline), il me demande aussi :

— Mais comment se fait-il qu'on en soit arrivé là ? Si vite ? Sans que personne nous ait rien dit ?

— On le savait déjà, lui dis-je, et depuis longtemps. Depuis au moins trente-cinq ans. Et même plus. D'autres l'avaient annoncée, la catastrophe. J'étais loin d'être le premier. Mais personne ne voulait en entendre parler. Nous étions en plein boom, la croissance, le niveau de vie, tout ça. C'est vers le milieu des années 1960 que certains ont commencé à se rendre compte que quelque chose n'allait pas.

— Et personne ne les a écoutés, me dit-il en baissant la tête, l'air pensif.

— Personne.

— Même pas vous ?

— Je n'étais pas né.

— Ah, bien sûr.

Il se laisse alors emporter, il pose sa fourchette et son couteau, il s'essuie la bouche avec sa serviette, et soudain il me dresse un tableau du monde, tel qu'il le voit.

— Nous nous sommes laissé griser, comprenez-vous ? Vous êtes jeune, moi je vais vous dire. Le capitalisme a triomphé du communisme, en apparence en tout cas, il y a déjà longtemps, le mur de Berlin est tombé, tout le monde a applaudi, moi le premier, l'argent est devenu le roi du monde, cette fois personne ne le discute, il ne nous restait plus qu'à faire des affaires, toutes les populations en profiteraient, tout le monde allait devenir riche, l'argent avait sa vie propre, une vraie vie, il apportait réponse à tout…

— C'est vrai, c'est vrai, lui dis-je.

— … et le résultat, le voilà : les glaciers deviennent de la marmelade et le Bangladesh plonge sous les eaux.

— Exact, dis-je encore.

— Vous auriez dû parler plus fort, vous et vos amis ! Vous auriez dû gueuler, tant qu'il était encore temps !

— Personne ne nous écoutait. Et personne n'avait écouté ceux qui avaient parlé avant nous.

— Quelle histoire, tout de même ! Notre planète en perdition ! La Terre ! Vous vous rendez compte, Jean-Michel ? La Terre !

Il a parlé très fort et quelques clients se retournent vers nous, la bouche pleine.

Il continue, en baissant la voix :

— Même les États-Unis sont touchés, paraît-il. J'ai vu un truc là-dessus à la télé, à Biarritz. J'avais le temps de regarder la télé. On dirait une histoire de fous. Des maisons s'écroulent dans la mer, sur la côte Est, et des touristes paient pour aller voir ça. Oui, ils payent ! Comme s'ils allaient au spectacle. Ils paient pour contempler l'apocalypse ! Hein ? La fin du monde cotée en Bourse, nous le verrons ! Je vous dis que nous le verrons ! Et il y aura les bonnes et les mauvaises places ! À des tarifs variés ! Tenez, en parlant des États-Unis, vous savez à combien se monte leur dette ?

— Non.

— Tenez-vous bien : à quarante-huit mille milliards de dollars.

— À combien ?

Il répète le même chiffre, ce qui me laisse quelques instants dans l'égarement.

Il demeure un instant silencieux, lui aussi, devant son assiette vide (il mange trop vite et il le sait), puis il ajoute en ouvrant les mains :

— Ce sont des chiffres qui ne représentent plus rien.

— C'est vrai.

— Moi, déjà, à partir de cent millions de dollars, je suis perdu.

— Et moi bien avant, lui dis-je.

— Alors à plus forte raison quand il est question de milliards, de milliers de milliards de dollars ! Quarante-huit mille milliards de dollars ! Ça signifie quoi, vous pouvez me le dire ?

Non, je ne peux pas le lui dire. Pour moi, c'est un peu comme les milliards d'années-lumière quand il est question de l'univers. Cela me donne envie de prendre un somnifère. Ou de me lancer dans un jeu vidéo avec ma fille.

Il paraît écrasé par le chiffre américain. Il se frappe le front, sur le devant, avec deux doigts, tout en murmurant – je l'entends à peine : Quarante-huit mille milliards, quarante-huit mille…

— Et comment se fait-il, me demande-t-il encore (est-il vraiment curieux, ou cherche-t-il seulement à me faire parler d'autre chose ?), comment se fait-il, si la planète se réchauffe, qu'il fasse de plus en plus froid chez nous ? Le mois dernier, on grelottait, vous êtes d'accord ?

— Ça, c'est à cause du Gulf Stream, lui dis-je.

— Qu'est-ce qu'il vient faire là ?

— C'est assez simple. Depuis toujours, le Gulf Stream nous réchauffe. Vous savez ça, tout le monde le sait. Ses eaux viennent du golfe du Mexique, passent par l'Atlantique Nord et nous gratifient d'un climat plus doux. Sinon, nous serions à la température du Canada.

— Et alors ?

— Et alors, comme les glaces de la banquise fondent à toute allure, cette eau froide, venue du Nord, refroidit le Gulf Stream, ce qui fait que maintenant nous avons plus froid.

— Autrement dit, le réchauffement climatique nous refroidit ?

— Voilà. Mais il faut dire aussi que nous avons besoin de la banquise.

— Ah bon ? Et pour quoi ?

— C'est compliqué à expliquer, et les experts ne sont pas tous d'accord. Mais nous avons absolument besoin de la banquise, et elle s'est rétrécie d'au moins 50 % en quelques années.

— Eh bien, dites donc !

— Et ça continue. De nouveaux couloirs de navigation se sont ouverts autour du pôle Nord. On construit des ports immenses dans ces coins-là. Tout le monde veut s'approprier ces territoires, où à vrai dire il n'y a aucune loi.

— Aucune loi ?

— Pour ainsi dire.

— C'est très intéressant de parler avec vous. Vous savez tellement de choses ! Quelle tête vous avez ! Dire que la banquise nous protégeait ! La banquise ! Mais ça n'explique pas le déficit américain.

— Ah non. Encore que…

Ça y est, je viens de m'apercevoir que, je me suis laissé embarquer, insensiblement, sur une large voie de garage. Oui, je me suis laissé distraire, une fois de plus. Distraire par l'apocalypse promise. Car après m'avoir dit que l'argent était devenu le roi du monde, auquel rien désormais ne pouvait résister, le voilà maintenant qui parle d'argent à son tour, encore et toujours, abandonnant d'un seul coup les glaciers qui s'amenuisent et le Bangladesh englouti. Les quarante-huit mille milliards de dollars l'ont emporté sur la planète en surchauffe. Il y revient. Ça le taraude.

Est-il conscient de cette dérive ? Je ne crois pas. C'est un homme assez simple, au fond : il y a l'argent, et puis quoi d'autre ?

*

Le repas se termine abruptement, sur un appel du bureau, qu'il prend en rechignant sur son portable (« pas un moment de tranquillité ») : présence exigée d'urgence, pour raison technique il me semble.

Le producteur s'en va d'un seul coup, me laissant seul, sans même un au revoir, un geste. Adieu les périls affreux de la planète, la détresse du Bangladesh. Adieu même la fin du monde. On verra plus tard.

Je demande au garçon où est le métro le plus proche. C'est assez loin. Je marche.

10

Viennent alors les vacances de Pâques, que nous passons à Paris, faute d'argent pour prendre un avion ou un train. Je m'assieds, je travaille, j'essaie d'écrire le roman qui comblerait les espérances de ma femme. Je n'avance guère, je n'avance même pas du tout. Rien ne me paraît plus difficile que d'écrire quand on ne sait pas quoi écrire. Un « roman » ! Quel mot énigmatique ! Si banal et si rare à la fois, allant des *Frères Karamazov* au roman de gare. Toutes les épithètes s'y appliquent : psychologique, érotique, historique, fleuve, nouveau, social, roman d'amour, de mœurs, de cul, d'espionnage, de guerre, comique, bourgeois, de bonnes femmes, d'anticipation, d'aventures, d'horreur et même de cape et d'épée. Et pourquoi pas un roman de campagne, un roman d'orage, un roman de détresse, un roman mayonnaise, un roman de murmure ? Qu'est-ce que c'est, au fond, un roman ? Est-ce un genre ? N'est-ce qu'une étiquette ? Est-ce le livre qui décide, ou est-ce moi ? Ou bien peut-être le lecteur ? Où me situer, dans l'éventail ? Aujourd'hui ? Hier ? Ici ? Là-bas ? Ailleurs ? Par quelle porte me faufiler ? Parler à la première ou à la troisième personne ?

Je m'interroge sur le roman lui-même, comme le ferait un professeur, un commentateur, mais de l'extérieur, sans y pénétrer. Quand je me demande par où commencer et qui faire vivre, je sèche.

Nous bricolons, ma femme et moi, nous vivons mince. Nous nous efforçons de cacher nos alarmes à notre fille, qui doit se douter de quelque chose, car elle dort mal, elle vient souvent dans notre lit, marchant tout endormie, tourmentée de rêves. Comment chasser les rêves d'un enfant ?

Un autre producteur a demandé à me voir. Nous nous verrons, oui, mais après les vacances pascales, et même vers la fin du mois de mai, après le Festival de Cannes (sous-entendu : si là-bas, sur la Croisette, il réussit à monter son projet).

Deux jours après la fin des vacances, M. André m'appelle pour m'apprendre que, selon ce qu'il a entendu dire, mes papiers sont prêts, tout est enfin en ordre. Ce n'est pas trop tôt, dit-il même. Que je passe au bureau ? demandé-je.

— Pas ces jours-ci, me répond-il.

— Et pourquoi ?

— Parce qu'il n'y a que Jacqueline qui puisse donner le feu vert, vous le savez bien. Et dans l'état où elle est…

— Qu'est-ce qu'il y a encore ?

— Vous n'êtes pas au courant ?

— Au courant de quoi ?

— On ne vous a pas dit pour Greta ?

— Non, on ne m'a rien dit ! Qu'est-ce qui s'est encore passé ?

— Mais Greta est morte !

— Quoi ? Comment ?

— Elle est passée sous une voiture, et devant les yeux de Jacqueline encore ! Elle allait chez sa pédicure rue de Longchamp, la laisse un peu lâche peut-être, elle téléphonait en marchant, vous savez qu'elle adore ça, elle trouve que ça fait moderne, et crash ! Plus de Greta ! De la bouillie, à ce qu'il paraît. Sous le pneu arrière droit. Un vrai tapis de sol. La bagnole ne s'est même pas arrêtée et Jacqueline est tombée dans les pommes. On l'a emmenée à l'hôpital.

— Elle va mieux ?

— Ah non, on ne peut pas dire ça. Elle est rentrée chez elle le jour même, physiquement je crois que ça va, malgré son cœur un peu faiblard, elle n'a rien de vraiment cassé, mais depuis elle refuse tout. Elle ne vient plus au bureau, elle ne répond plus au téléphone, rien. Et vous savez quoi ? Quand elle s'est évanouie, quelqu'un en a profité pour lui barboter son portable. Bref, c'est la déprime. Mais alors la totale, je ne vous dis pas.

— Ça fait combien de temps ?

— Quatre ou cinq jours, je ne sais plus.

— Et elle ne parle pas de revenir travailler ?

— Je vous dis qu'elle ne parle pas du tout ! Elle ne dit rien ! Pas un mot ! J'ai envoyé quelqu'un frapper à sa porte pendant plus de vingt minutes : rien.

— Il faut prévenir les pompiers ! La police !

— On y a pensé, mais les voisins d'en face disent qu'ils la voient aller et venir chez elle, le jour comme la nuit. Donc elle est vivante, en bonne santé, et elle est parfaitement libre de ne pas sortir. Pourquoi lui envoyer les pompiers ?

— Mais ça va durer longtemps ?

— Comment voulez-vous que je vous le dise ?

Il me demande alors si j'ai pu parler au producteur, qui « cherchait à me joindre ». Non, je ne lui ai pas parlé, je n'ai pas été joint.

— Vous devriez l'appeler, me conseille M. André. Je ne sais pas ce qu'il vous voulait exactement, ça avait l'air assez particulier.

J'appelle dans les trente secondes qui suivent. On me le passe presque immédiatement. Ah ! Jean-Michel ! C'est vous ! Merci de m'appeler ! Le producteur a donc un service à me demander. Un service urgent. Pourrais-je me rendre avec lui dans une boutique des quais de la Seine pour acheter un nouveau chien à Jacqueline ?

— Un chien ?

— Je ne vois que ça pour la calmer, me dit-il. Il faut lui racheter un chien le plus tôt possible, pour qu'elle oublie l'autre et qu'elle revienne au bureau.

— Oui, lui dis-je, en effet, c'est peut-être une idée.

— Vous pourriez venir avec moi ? Vous vous y connaissez en chiens ?

Le fait est que je ne suis pas un homme à chiens, ayant toujours vécu avec des chats, et surtout des chattes. Je n'ai rien contre les chiens, mais bon.

— Non, je n'y connais rien, dis-je, sincère.

— Et votre femme ?

— Quoi, ma femme ?

— Elle les aime, les chiens ?

— Pas plus que ça. Pas plus que moi, en tout cas.

— Essayez de la persuader. Faites ça pour moi. Je vais vous dire : une femme sentirait ça mieux que nous. Dites à votre femme qu'elle vienne avec moi, vous ce n'est pas la peine, j'imagine que vous avez plein de travail en ce moment. Mais si votre femme pouvait venir avec moi, franchement, ça m'arrangerait.

— Quand ?

— Mais le plus tôt possible ! Demain après-midi, tenez. Non, attendez, attendez une minute… (j'entends ses mains froissant son agenda), non, demain je ne peux pas, après-demain, oui, après-demain matin. À quelle heure ils ouvrent, ces magasins ?

— Comment voulez-vous que je le sache ?

— Vous pourriez vous renseigner ? Soyez gentil, pensez à Jacqueline, elle a toujours été très bonne pour vous, elle vous aime énormément. Renseignez-vous, on doit trouver ça sur Internet, il paraît qu'on y trouve tout, dites à votre femme que je viendrai la prendre en voiture après-demain matin et que nous irons choisir un chien. Et rappelez-moi pour me dire à quelle heure je dois passer, parce que j'ai d'autres rendez-vous, vous comprenez.

— Et si Jacqueline refuse toujours d'ouvrir sa porte ?

— Nous ferons aboyer le nouveau chien et vous verrez qu'elle ouvrira. Elle ne pourra pas résister. Je la connais. Et puis, nous essaierons de trouver un chien qui ait la même voix que Greta, ou presque.

*

Le premier marchand de chiens est un gros monsieur un peu rouge, qui cligne souvent des yeux et qui d'emblée se montre aussi sentencieux que sceptique. Il porte une blouse blanche qui le serre et dont les manches sont trop courtes. Peut-être a-t-il pris du poids récemment.

À son avis, qui est autorisé, rien n'est plus difficile que d'offrir un chien à quelqu'un. Il faut du tact, de la psychologie, une infinie délicatesse (croyez-moi). Je veux bien vous vendre un chien, mais un chien n'est pas un objet, vous devez comprendre ça, un chien n'est pas une table de nuit, ni même un bouquet de fleurs, c'est un être vivant, un individu, chaque chien a son caractère d'ailleurs, on ne peut pas offrir n'importe qui à n'importe qui, il faut trouver les affinités secrètes, et ainsi de suite pendant une dizaine de minutes (au moins). Imagine-t-on, nous dit le gros monsieur, qu'on va offrir une sœur à quelqu'un, ou une épouse ? Ou un enfant, comme ça, sans prévenir ? Je pourrais vous raconter, nous dit-il, des histoires véritablement dramatiques qui sont nées d'un mauvais choix, lequel partait pourtant d'une bonne intention.

Il ajoute après un bref silence, avec une sorte de clin d'œil (mais c'est peut-être un tic contre lequel il lutte) :

— Et aussi quelques histoires comiques, vous imaginez bien, car on trouve de tout dans la vie.

Nous tombons d'accord sur ce point.

L'attirance entre un être humain et un chien, ajoute-t-il (il a trouvé un public, de bon matin, les autres clients sont plutôt rares), l'attirance et l'harmonie affectueuse qui en sera, si tout va bien, le résultat, et qui pourra transformer une vie, sont des phénomènes particulièrement mystérieux.

— Par exemple ?

— Par exemple, j'ai connu des femmes qui emmenaient leur chien dans une boutique de mode, faisaient disposer différentes robes sur des sièges et suivaient le choix de leur chien. Elles achetaient la robe sur laquelle le chien allait se coucher. Mais oui. Elles ne voulaient rien savoir d'autre.

Il est lancé, ça y est, rien ne l'arrête. J'aurais dû prendre un carnet de notes. Tout ce que vous avez pu entendre ou lire là-dessus se résume à zéro. Je dis bien zéro. Cet accord se produit parfois dès la première seconde, et rien ne l'entamera. Dans d'autres cas, dix années n'y suffiront pas : l'être humain et le chien resteront toujours des étrangers.

On a même connu des chiens qui étaient en réalité épris, véritablement épris, du voisin ou de la voisine d'en face, qu'ils n'apercevaient que deux ou trois minutes par jour dans l'escalier, ou devant la porte. Dans ces courts moments-là, ils frétillaient, gémissaient, agitaient la queue en présence de leur grand amour, et leurs maîtres ne se doutaient de rien, pas plus que l'objet de l'amour caché. Le reste de la journée, solitude et désolation.

Dans ce cas-là, n'est-ce pas, vous ne faites le bonheur ni de l'un ni de l'autre.

Nous n'y trouvons, le producteur, ma femme et moi, rien à redire.

On aurait connu des maladies de langueur et même des cas de suicides chez les caniches, apprenons-nous. Et peut-être même dans d'autres races, tout aussi sensibles. Celui que nous cherchons est un loulou de Poméranie. Ah, les loulous sont tout spécialement fragiles, très délicats et même sujets à dépression, surtout les femelles. Avec eux, ce qui compte, c'est le mobilier. Il faut que le mobilier leur plaise, sinon gare. Et ce n'est pas le même type de mobilier qui va plaire à tous les loulous. Ce serait trop simple. Même chose avec les couleurs. Certains chiens ne supportent pas le jaune, par exemple. On les voit s'irriter sans raison. Mettez-les dans du bleu, ils s'apaisent.

Que de choses apprises en quelques minutes ! Dire que, la veille, je ne savais rien de tout ça !

Le plus sage serait, dit alors le gros marchand de chiens qui ne tient pas forcément à vendre des chiens (en tout cas pas n'importe comment, à la va-vite, à la sauvette), que la personne qui a perdu son chien vienne elle-même en choisir un autre. Elle pourrait même en prendre un à l'essai, la chose est parfaitement concevable. Le garder quelque temps chez elle, une semaine ou deux. Et le rendre en cas de grave incompatibilité d'humeur. Cela s'est vu.

— Comme un mariage à l'essai ? dis-je.

— Oui, on peut le dire comme ça.

Le producteur, qui est là, ainsi que ma femme (j'ai dû la prier un peu pour qu'elle vienne), explique que la personne en question ne veut pas sortir de chez elle, et que l'idée de lui offrir un chien vient justement de là. Nous comptons sur le chien pour la ramener à la vie, dit-il, à la vie normale. Il ajoute que cette personne est d'une grande importance pour lui. D'une très grande importance.

Le gros monsieur se gratte deux fois le bout du nez en hochant la tête. Il cligne quatre ou cinq fois des yeux. D'évidence, le cas est plus compliqué qu'il ne le pensait. Il ne s'agit pas seulement de remplacer un cher disparu. Il s'agit d'une opération de sauvegarde, de bienfaisance.

— Oui, oui, dit-il, je vois.

Je me demande ce qu'il voit. En tout cas, il se renseigne :

— C'est une personne qui vit seule ?

— Oui. Toute seule.

— Depuis longtemps ?

— Depuis que je la connais, dit le producteur.

— Elle a des enfants ?

— Un grand fils, mais qui vit à l'étranger depuis dix-huit ans.

— Elle est nerveusement équilibrée ?

— Elle le paraît. Dans son travail, elle est irréprochable.

— Elle boit ?

— Un peu.

Je suis en train de me dire que je me trouve là, sur les quais de la Seine, avec ma femme et un producteur de cinéma, à dix heures et demie du matin, en train d'écouter un discours sur la difficulté d'offrir un chien à une personne qui vit seule, qui travaille bien mais qui boit un peu, et tout cela à cause d'un chèque qui m'est dû et qui ne m'est pas payé depuis plusieurs mois.

Je me dis tout cela. Je n'en suis pas plus avancé.

*

Nous achetons un chien un peu plus loin, chez un autre marchand moins dogmatique et moins bavard, un loulou de Poméranie femelle (dit-on une loulou ?), et finalement nous nous dirigeons tous les trois vers l'appartement de Jacqueline, qui habite dans le quatorzième arrondissement, avenue René-Coty. Ma femme propose d'appeler le chien « Marlène » mais je pense, pour ma part, qu'il vaut mieux ne pas lui donner de nom.

Nous arrivons, nous sonnons à la porte de Jacqueline : pas de réponse. Nous insistons, nous appelons. « Jacqueline, ouvrez-moi ! », s'écrie le producteur en tapant à la porte, tandis que deux voisins passent étonnés dans l'escalier. Rien.

Alors la petite chienne blanche se met à aboyer, d'un seul coup, longuement, et quelques secondes plus tard la porte s'ouvre. Jacqueline apparaît, mal coiffée, sans maquillage, plus âgée de dix ans, les yeux bordés d'ombre, presque méconnaissable. Sans un regard pour nous, elle se baisse vers l'animal, les bras tendus, en lui disant, avec (comme on dit) des pleurs dans la voix :

— Greta ! Ma petite Greta !

Elle saisit la chienne, l'embrasse, la caresse, rentre aussitôt chez elle et referme la porte d'un coup de talon (haut). Pas un mot pour nous, pas un regard, pas un merci, rien. Comme si sa chienne, ressuscitée d'entre les morts, avait d'elle-même retrouvé le chemin de l'appartement pour venir sonner, et ensuite aboyer, à sa porte.

Le producteur tape encore du poing, il appelle trois ou quatre fois sa chère Jacqueline, sa Jacqueline indispensable, mais en vain. Nous n'entendons à l'intérieur que quelques jappements et, vingt fois répété, le même nom : « Greta !… Ma petite Greta !… »

— Jacqueline ! crie le producteur à travers la porte. Je compte absolument sur vous, vous m'entendez ? Vous devez revenir au bureau ! Vous n'avez plus d'excuse maintenant ! Vous devez revenir, c'est compris ? Je vous attends demain sans faute ! Jacqueline ! Jacqueline !

Pas de réponse. Jacqueline est toute à son bonheur. Elle ne nous entend même pas.

Nous n'avons plus aucune raison de demeurer oisifs et indécis sur ce palier. C'est ce que nous constatons tous les trois. Notre mission est terminée.

— Bon, dit le producteur, qu'est-ce qu'on peut faire d'autre ? À quoi bon rester plantés là, hein ?

— Il faut la laisser s'habituer, suggère ma femme. La surprise a été brutale, elle n'a pas encore réalisé. Elle n'a peut-être pas dormi depuis quelques jours, elle y voit mal, elle est perturbée, presque en état de choc, elle croit que sa chienne est vraiment de retour. Quand elle admettra que ce n'est pas sa chienne, mais une autre chienne qui lui ressemble, elle se calmera, elle reprendra une vie normale.

— Vous croyez ? lui demande le producteur, qui a écouté attentivement cette analyse.

— En général, dit ma femme, c'est ainsi que cela se passe (d'où tient-elle ces informations ?).

— Et combien de temps ça va prendre (c'est moi qui lui pose la question) ?

— Oh, deux ou trois jours peut-être, me dit-elle. Moins d'une semaine en tout cas.

— Et sinon ? demande le producteur, tandis que nous commençons à descendre lentement l'escalier.

— Sinon, lui répond ma femme, ça voudrait dire qu'elle est complètement folle.

Un silence suit cette phrase menaçante.

*

Nous arrivons dans la rue. Nous nous approchons de la voiture du producteur qui, s'étant mal garé, trouve une contravention sur son pare-brise. Il ne lui manquait plus que ça, évidemment. Petit moment de rage contenue.

Il nous dépose chez nous. « À un de ces jours, me dit-il tandis que nous sortons de la voiture, je vous fais signe. »

Il remercie ma femme pour son aide précieuse et pour ses conseils, souhaitant qu'elle ait raison. Je parviens à lui demander :

— Et mon chèque ?

— Oh, il doit être parti, à cette heure-ci.

Je ne dis rien de plus, je m'abstiens de toute question ordinaire. Je me tais lâchement devant le mensonge. Je m'étonne une fois de plus, mais en silence, de notre capacité d'oubli, de notre force de silence.

Nous rentrons chez nous.

— Tu sais, me dit ma femme, je ne crois quand même pas que tout cela soit une mise en scène.

Moi non plus. Je dois l'admettre.

Elle ajoute qu'elle trouve le producteur plutôt sympathique. Elle ne s'attendait pas à le voir aussi empressé pour sa secrétaire. Aussi chaleureux, dévoué. Humain. Avec du charme, même. De beaux cheveux. Un brin, sinon de folie, d'extravagance. Quelque chose de romantique dans le regard.

Je lui demande :

— Pour toi, ça veut dire quoi, romantique ?

— Oh, toi, toujours à pinailler sur le sens des mots. Ça veut dire romantique, point final. Tout le monde comprend.

— Pas moi.

— Parce que tu ne veux pas comprendre. Quel âge a-t-il ?

— Je ne sais pas au juste. Soixante-trois, soixante-quatre.

— Il ne les fait pas.

— C'est parce qu'il se teint les cheveux.

— Il se teint les cheveux ? me demande-t-elle.

— Mais évidemment.

— On ne le dirait pas, avec ses mèches blanches. C'est drôlement bien fait.

Sur ce dernier point, je suis d'accord.

11

Trois jours plus tard, Jacqueline est de retour au bureau. Hervé m'en informe par téléphone, la voix baissée. Elle est revenue comme si de rien n'était, maquillée comme à l'ordinaire, sans un seul mot d'explication ou d'excuse. Le même rouge à lèvres, les mêmes escarpins extrêmes. La même ceinture en vernis noir. Elle est revenue avec sa nouvelle chienne, qui s'appelle Greta comme la précédente, qui se comporte comme une réincarnation exacte de la bête écrasée et que Jacqueline traite de la même manière, affectueuse mais par moments hautaine.

Jacqueline a retrouvé son bureau de Levallois, qu'elle avait peu occupé avant l'accident, sa bouteille de whisky allongée dans le tiroir du bas, son gobelet métallique, ses cigarettes américaines à filtre. Je la vois d'ici.

— Et les travaux ? demandé-je.

— On en voit le bout, me dit Hervé en haussant la voix. Et franchement, ce n'est pas trop tôt.

— À qui le dites-vous.

— Les Hollandais n'ont pas pu débloquer l'ordinateur de M. André, je m'en doutais d'ailleurs, je le lui avais dit, ce matériel chinois, quand ça explose, c'est cuit, mais ça ne fait rien, on se débrouillera. Je crois que nous pourrons trouver des doubles quelque part. Ce sera un peu plus difficile, un peu plus long, mais nous nous arrangerons autrement.

— Et les meubles ? Les dossiers ?

— Tout ça revient petit à petit.

— Mais alors, dis-je à Hervé, si Jacqueline est de retour, si nous n'avons plus besoin du formulaire, si tout est pratiquement en ordre, rien ne s'oppose à ce que je vienne enfin retirer mon chèque ?

— Votre chèque ?

— Oui, mon chèque (va-t-il lui aussi me demander : « quel chèque » ?).

— Vous ne l'avez pas reçu ?

— Non.

— Je croyais qu'il était parti.

— C'est ce qu'on m'avait dit.

— Ah oui ! s'écrie-t-il soudain. Bien sûr, votre chèque ! Naturellement ! On va pouvoir vous l'envoyer, pas de problème. Mais il faudra en faire un autre.

— Comment ça : en faire un autre ?

— Eh oui.

— Mais le chèque est déjà fait ! J'en ai reçu une photocopie ! Il est fait et il est signé ! Pourquoi en faire un autre ? Il est là, ce chèque ! Il est quelque part, il existe ! Qu'on le cherche, et je peux passer le prendre tout de suite !

— Ah voilà, me dit Hervé, je vois que vous n'êtes pas au courant.

— Au courant de quoi ?

Rien ne m'agace davantage que de ne pas être au courant. Je ne suis jamais au courant. On ne me dit rien, jamais.

Hervé me demande alors d'une voix candide :

— Vous ne savez pas que nous avons changé de banque ?

— Changé de banque ?

— Personne ne vous a prévenu ?

— Mais non !

— Remarquez, ils n'avaient aucune raison de vous le dire, pour vous ça ne change rien, mais oui, c'est un fait, nous avons changé de banque.

— Pour quelle raison ?

— Ah, je n'en sais rien. Il faudrait demander à M. André, ou à Jacqueline. Ou alors au patron, s'il veut bien vous répondre. C'est possible d'ailleurs, il vous a à la bonne. Moi, je ne reçois que des rumeurs.

— Quel genre de rumeurs ?

— Ah, non, non, je ne peux pas vous en parler, d'autant plus que ces rumeurs sont contradictoires. Les unes disent ceci, les autres cela. Vous savez ce que c'est. On ne peut pas empêcher les gens de parler.

— Il s'est fâché avec sa banque ?

— Fâché n'est pas le mot.

— Disputé ?

— Non plus.

— Alors quoi ? Il déjeunait avec le directeur une fois par mois ! Il disait que c'était la meilleure des banques !

— Il le disait, oui.

— Mais il ne le dit plus ?

— Oh, non !

— Mais qu'est-ce qu'il en dit, maintenant ? Qu'est-ce qui s'est passé ?

— Moi, je ne peux pas vous le dire, en réalité je n'en sais rien, c'est à lui qu'il faut poser la question. Excusez-moi, monsieur Dumas, mais ce n'est pas le travail qui manque. Vous devez le savoir.

Je le comprends. Il ajoute que c'est dommage, qu'il aime bien bavarder avec moi, et il raccroche.

Je reste quelque peu hébété, mais cela ne dure pas. Je commence à m'habituer à cette cascade, à ces coups répétés (j'hésite à dire « du destin », quand même). Je ne prétendrais pas qu'ils m'amusent, certes non, mais ils me surprennent de moins en moins. Je deviens parano, qui sait ? Ou alors nous nous habituons à l'infortune. Si tout à coup quelqu'un me disait que tout s'est arrangé, si un coursier sonnait à ma porte, inopinément, et me tendait mon chèque avec un sourire poli, je frémirais, je reculerais d'un pas, je croirais à quelque perfidie. Peut-être refuserais-je, par crainte de je ne sais quoi, de saisir, d'accepter ce petit morceau de papier que j'attends depuis tant de mois.

Qu'est-ce que je raconte ? Est-ce que je serais satisfait, et au fond heureux, de ne pas recevoir ce chèque ?

*

Dix minutes plus tard, je me suis ressaisi. Je prends une écharpe, un imperméable et je sors. Je me dirige à vive allure vers le métro. Direction Levallois, autobus, marche à pied, bonne allure.

J'ai décidé que je m'installerais dans les nouveaux bureaux et que je resterais là, assis ou couché, jusqu'à satisfaction entière. Je suis prêt à une grève de la faim (j'ai englouti un sandwich au thon avant de partir). Je suis même prêt à la rendre publique, cette grève, à alerter la presse, les radios, les télévisions, à lancer mon cas sur Internet, à distribuer des tracts sur les Champs-Élysées, des tracts qui hurleraient : « JEUNES AUTEURS, PRENEZ GARDE ! »

Il se passe alors une chose extraordinaire. Dès que j'arrive, Jacqueline vient vers moi et me dit :

— Ah ! Jean-Michel ! Vous tombez bien, il veut vous voir !

— Où est-il ?

— Dans son bureau ! Ce n'est pas la peine que je vous annonce, allez-y ! Entrez ! J'allais vous appeler chez vous, c'est tout de même surprenant que vous arriviez à ce moment-là ! Ça existe, alors, la télépathie ?

Je ne lui réponds pas, je me dirige aussi vite que possible vers le bureau du producteur, je m'emmêle un instant les pieds dans la laisse de Greta II qui traîne par là en gémissant, je tombe presque, je me cramponne au rebord d'une table, je me redresse, je frappe légèrement à la porte et j'entre.

Étrangement, il est inoccupé. Il est assis, les deux mains posées devant lui sur le bureau, le front barré de rides pensives, les cheveux au bord du désordre. Il ne lève même pas les yeux sur moi quand je me dirige vers lui.

Je m'assieds en silence dans l'un des fauteuils raides des visiteurs (il y en a deux). Alors seulement je dis :

— Bonjour.

Ses yeux se lèvent lourdement sur moi.

— Ah, Jean-Michel, dit-il, merci d'être venu…

— Il n'y a pas de quoi, dis-je machinalement (et c'est vrai).

— Si, si, merci, c'est très gentil d'être venu si vite. C'est très gentil.

Que se passe-t-il ? Je sens quelque chose de froid descendre le long de ma colonne vertébrale. Serait-ce de la sueur, comme dans les mélos d'autrefois ?

En un instant, toutes mes velléités de colère, de grève et de tracts se sont dissipées. Il n'en reste rien. Une fois de plus, son attitude m'a totalement désarmé.

Cet homme est constamment inattendu. Est-ce instinctif, chez lui ? Est-ce calculé ?

Se surprend-il lui-même ?

Je lui pose une question, je lui demande ce qui le rend si songeur et même, apparemment, si triste. Il me répond d'un geste imprécis et laisse son regard vide retomber lentement sur son bureau vide. Pas un mot.

Je me hasarde :

— C'est à cause de cette histoire de banque ?

— Vous êtes au courant ?

Il a relevé les yeux et il me regarde, presque soupçonneux.

— Plus ou moins, dis-je, prudent.

— Qui vous l'a dit ?

— Oh, c'est là, au bureau… c'est… (Je ne voudrais surtout pas dénoncer Hervé.)

— C'est Jacqueline ?

— Elle me l'a laissé entendre, oui, mais sans me donner les détails.

— Vous voyez, Jean-Michel, me dit-il avec gravité, vous travaillez dix-sept ans avec une banque, vous lui confiez votre argent, vous invitez le directeur chez vous, vous l'appelez par son prénom, vos enfants vont dans les mêmes écoles, je lui fais gagner des millions pendant tout ce temps, et à la première difficulté il n'y a plus personne… Il ne me prend même plus au téléphone… Qu'est-ce que vous feriez à ma place ?

— Mais… je n'en sais rien, dis-je (en toute franchise).

— Il n'est plus là ! Il ne me répond plus ! Je n'existe plus pour lui, vous me comprenez ? Un homme que je considérais presque comme un ami ! Vous imaginez le coup que j'ai reçu ?

— Oui, j'imagine.

— Comme un coup de poing dans l'estomac, vraiment.

— Oui.

— Avec l'espèce humaine, Jean-Michel, laissez-moi vous le dire, nous allons de déception en déception. Nous en parlions l'autre jour, vous vous rappelez ?

— L'autre jour ?

— Mais oui, au restaurant, quand vous m'annonciez la fin du monde.

— Ah oui, mais la fin du monde, tout de même, c'est un peu vite dit.

— Vous me garantissiez que nous n'en avons plus pour très longtemps, à cause de cette histoire du Gulf Stream, vous vous rappelez tout de même ?

— Oui, peut-être.

— Eh bien, je vais vous dire : tant mieux.

Il m'a regardé un instant dans les yeux et – quelle étrangeté ! – j'ai cru voir une larme briller dans l'un des siens. Une larme ? Serait-ce possible ?

Il insiste :

— Oui, il y a des moments où je me dis : tant mieux. Nous n'avons pas mérité d'occuper cette planète, voilà ce que je crois maintenant. Nous n'avons pas mérité de survivre. S'il n'y avait pas les enfants, s'il ne s'agissait que de moi, je m'estimerais presque content. Je vous en donne ma parole. C'est comme je vous le dis.

Je lui réponds que je le crois, que je prends part à ses soucis (qui, de fait, sont aussi les miens) et je me permets de lui faire remarquer, du bout des lèvres, qu'à plusieurs reprises il m'a garanti, non sans véhémence parfois, qu'il ne travaillait pas pour faire gagner de l'argent aux banques, qu'il était le plus souvent à découvert (comme moi), et que les banquiers se comportaient comme les derniers des bandits.

— Comment, dans ce cas-là, lui dis-je, pouvez-vous dire que vous leur faisiez gagner des millions ?

— Mais par les commissions, pardi ! Par tout l'argent que je faisais passer sur mes comptes ! De l'argent qui venait du monde entier, des paquets de devises, des yens, des roubles ! Les dollars, je n'en parle même pas ! Il en arrivait de partout, sur certains projets ! Vous n'imaginez pas ! Chaque jour ! Ça entrait, ça sortait ! Et pendant dix-sept ans, tout de même ! Et chaque fois ils prennent une commission bancaire, évidemment ! Que ça entre ou que ça sorte ! De toute manière, ils touchent !

— Et alors, qu'est-ce qui s'est passé dernièrement ?

— Dernièrement ?

— Oui.

— Ah…

Je sens qu'il ne me répondra pas. Je le devine à son visage et aux gestes las de ses mains.

Je lui demande quand même, après un court silence :

— Vous avez changé de banque ?

— Changé de banque ? (Il me regarde comme si je disais une incongruité, quelque chose d'énorme, ou en tout cas de renversant.)

— Oui, Hervé m'a dit que vous aviez changé de banque et que c'est pour ça que….

— Pour aller où ?

— Vous n'avez pas d'autre banque ?

— J'en cherche une. Pourquoi ? Hervé vous a dit que nous en avions trouvé une ?

— Non, non, je ne sais plus exactement ce qu'il m'a dit.

Tout cela, d'un seul coup, me paraît plus grave qu'il n'y paraissait. Beaucoup plus grave, même. La société de production qui me doit de l'argent, une société bien connue sur la place, qui existe et produit des films depuis dix-sept ans, dont le patron jouit d'une table au Fouquet's, se trouverait-elle au bord de l'abîme ? Soudain, n'aurait-elle plus aucune liquidité ? Aucun crédit ? Et serait-ce la vraie raison pour laquelle le producteur n'arrive pas à trouver une autre banque ? Parce qu'il n'a rien, strictement rien à y déposer ?

Il fait de plus en plus froid dans mon dos.

Tout à coup il me regarde et me demande, presque avec chaleur :

— Jean-Michel, est-ce que je vous dois de l'argent ?

— Oui, dis-je sans hésiter.

— Beaucoup ?

— Près de dix mille euros, sans parler du film polonais.

— Et je vous dois ça depuis quand ? Je vous demande de me pardonner si je vous le demande, mais avec tout ce fourbi je m'y perds un peu.

— Depuis le 10 octobre, dis-je.

— De l'année dernière ?

— Oui, de l'année dernière.

— Mais je ne vous avais pas signé un chèque ? (Il réfléchit, les rides de son front s'incurvent.)

— Si. Il paraît.

— Jean-Michel, il fallait le toucher tout de suite ! Sans attendre, même une journée ! Avec ces animaux-là, qui sont des animaux à sang froid, je me permets de vous le dire, car je les connais, mais il ne faut pas attendre un jour ! Pas une heure ! Vous auriez dû courir à la banque, leur mettre le chèque sous le nez et l'encaisser !

— J'aurais bien voulu, mais…

— Vous êtes impardonnable ! Et moi aussi, d'ailleurs ! Je m'en veux ! J'ai plus d'expérience que vous, j'aurais dû vous mettre en garde !

J'agite en désordre mes bras, je parviens enfin à le faire taire un instant, je lui rappelle qu'il ne sert à rien de s'irriter et de m'engueuler, que de toute façon je n'ai jamais reçu qu'une photocopie de ce chèque et que je ne pouvais pas me précipiter à la banque avec ça.

Il demande, comme au reçu d'une révélation :

— Une photocopie ?

— Oui.

— Pourquoi une photocopie ? (Il paraît sincèrement surpris.)

— Je ne sais pas. Sans doute pour me prouver que le chèque existait bien.

— C'est Jacqueline qui vous a fait ça ?

— Oui, j'imagine.

— Vous savez (il baisse un peu la voix), j'ai vraiment l'impression que par moments elle déraille, qu'elle perd un peu la boule. Depuis la mort de sa chienne…

— C'était avant.

— Avant ?

— Oui.

— Avant, elle avait déjà des symptômes. Et depuis longtemps. La photocopie d'un chèque, vous vous rendez compte ?

— Je me rends compte. Et si vous permettez, il y avait un mot de vous, avec la photocopie.

— Un mot de moi ?

— Sur votre carte de visite.

— Et qui disait quoi ?

— « Vous voyez bien qu'il est fait, votre chèque ! », ou quelque chose comme ça.

— Ah, bon ? J'ai écrit ça ?

Cette diversion par la photocopie l'a presque amusé. Il secoue doucement la tête. Sans doute possède-t-il un plein sac d'histoires de ce genre. Les producteurs d'aujourd'hui disent qu'elles appartiennent aux temps d'autrefois, que les choses ne se passent plus ainsi. Je me demande. On me raconte aussi des coups tordus contemporains.

Quelques secondes se succèdent en silence et son regard retombe sur le bureau vide, devant lui. Ses paupières de nouveau se baissent. Ses mains s'immobilisent. Silence.

Je pose enfin les questions que je dois poser (comme me le dit sans cesse ma femme) :

— Ce chèque, le vrai, pas la photocopie, il existe bien quelque part ?

— Sûrement.

— Si vous me le donniez, si j'allais aujourd'hui à ma banque avec ce chèque, je veux dire avec le vrai chèque, et si je le déposais, qu'est-ce qu'il se passerait ?

— Qu'est-ce que vous voulez qu'il se passe ? Nous n'avons plus de compte, je vous dis.

— On refuserait de me le payer ?

— Mais évidemment !

— Et lorsque vous aurez ouvert un nouveau compte ?

— Oui, quoi ?

— Il faudra faire un nouveau chèque ?

— Naturellement. Puisque nous serons dans une autre banque ! Vous comprenez bien la situation, tout de même ? Ne jouez pas les imbéciles, Jean-Michel. Je sais que vous n'en êtes pas un.

— Mais alors…

Je ne sais plus que dire après ce « mais alors… », cliché furtif dans tant de mauvais dialogues.

Un autre silence. Puis il me demande :

— Je peux vous poser une question ?

— Mais bien sûr.

— Je vous parle comme à un ami. Il y a combien de temps que nous nous connaissons ?

— Chaque fois vous me le demandez ! Vous devriez le savoir, quand même ! Depuis un peu plus de dix ans !

— Ne criez pas, ne vous fâchez pas (il fait un geste avec ses deux mains, comme pour me demander de me calmer, de baisser ma voix).

Je me calme. Il dit encore :

— Je suis un peu énervé, aujourd'hui.

— Je comprends.

— Et fatigué. Comment vous dire ? Sensible.

— Oui.

— Vous n'auriez pas un petit travail pour moi ?

La phrase est venue par surprise.

Sur le moment, je suis dans l'incapacité de lui répondre. Je suis réellement pris au dépourvu et je demeure probablement la bouche entrouverte. Il reste silencieux deux ou trois secondes, puis il reprend, sur le même ton :

— J'en ai assez de ce métier de fous, vous comprenez ? J'en ai fait le tour, j'ai envie de changer. Vous ne connaîtriez pas un petit travail pour moi quelque part ?

— Quel genre de travail ?

— Oh…

Il esquisse un geste. J'insiste, je m'entends même lui demander :

— Qu'est-ce que vous savez faire ?

— J'ai débuté dans un cabinet d'architecte, mais c'était il y a plus de trente ans, toutes les techniques ont changé, tous les matériaux. Je n'y reconnaîtrais sûrement plus rien.

— C'est probable, dis-je, sans me risquer.

— Vous savez, ajoute-t-il après cinq secondes de réflexion, au fond je n'ai pas besoin de beaucoup d'argent pour vivre. Je pourrais me passer de beaucoup de choses, et ma femme aussi. Elle serait capable de faire des efforts, si elle voulait. Et elle aussi pourrait travailler. Je suis sûr qu'elle ne dirait pas non.

— Dans quel domaine ?

— Elle a fait un peu de droit autrefois. Elle a un diplôme, je ne sais plus très bien lequel. Et elle parle allemand, assez bien. Mais surtout, elle est très douée pour la décoration. Vraiment douée. Toutes ses amies viennent lui demander conseil. Elle pourrait décorer des boutiques, des appartements. Même des bureaux.

Il reste un instant silencieux, comme s'il réfléchissait, puis il me dit :

— Je ne demande pas la lune, vous savez. Nous pouvons vraiment nous restreindre, ma femme et moi. Avec vingt-cinq, vingt, même avec quinze mille euros par mois, je crois que nous pourrions nous en sortir.

Il a parlé en toute sincérité, je le vois. En toute ingénuité. Quinze mille euros par mois, c'est bel et bien son minimum vital. Quatre fois le mien (et encore, en admettant que je sois payé). Ce que beaucoup de gens, en France, gagnent en un an.

Il en rajoute :

— Je parle trois ou quatre langues étrangères, toutes assez mal, mais je me fais comprendre, surtout quand il s'agit d'argent. Je me débrouille en comptabilité.

— Vous êtes familier avec l'informatique ?

— Écoutez, il ne faut pas trop m'en demander. J'ai presque soixante-cinq ans, vous comprenez. Et j'ai des employés pour ça, excusez-moi. Que je paie cher.

— Et dans quel domaine vous aimeriez travailler ? demandé-je du bout des lèvres.

— Je ne sais pas, je n'y ai pas réfléchi. Dans l'édition, peut-être ? Qu'en pensez-vous ? Ça marche encore, le livre, à ce qu'il paraît ?

— Ça dépend.

— On m'a dit que ça marchait bien. Vous connaissez des gens bien placés dans l'édition ?

— Oui, quelques-uns.

— Vous pourriez leur parler de moi ?

— Bien sûr, mais…

— Rendez-moi ce service, Jean-Michel. Et vous me rappelez le plus tôt possible, d'accord ? Je suis un homme libre, je peux commencer tout de suite.

— Mais vous feriez quoi, dans une maison d'édition ?

— Je travaillerais ! Je proposerais des idées, je discuterais des contrats. Ce que je faisais ici. Les circuits commerciaux, je les connaîtrais assez vite. Et puis, excusez-moi, mais je sais lire moi aussi ! Et ma femme pourrait s'occuper de refaire tous les locaux des éditeurs ! Ça lui plairait, elle adore la lecture.

— Mais dans le cinéma, qui est tout de même votre partie, vous n'avez personne qui pourrait vous aider ? Ou au moins vous dépanner ?

— Me dépanner ? Dans le cinéma ?

— Oui, vous mettre sur un coup, comme producteur associé, ou comme vendeur, ou…

— C'est un monde de chacals, Jean-Michel, laissez-moi vous le dire (il m'a coupé la parole d'un geste sec). De hyènes et de chacals. Et je n'ai plus les dents assez aiguës pour ça. Je fais le contraire de tout le monde : je suis devenu tendre en vieillissant (sa voix s'alentit). Je sens, par moments, que je n'ai même plus la force de dire une phrase pour me défendre. Même pas un mot. C'est comme ça. J'ai raison, les autres ont tort, mais tant pis : je laisse courir, je m'en fous, je ne dis plus rien.

Depuis que j'essaie de vivre de ce métier qui n'en est pas un, j'ai entendu, comme cela se passe dans toutes les professions, un grand nombre d'histoires dites de producteurs. Comme celles du Mexicain dans le sauna, elles semblent toutes décrire le même personnage, déjà dépassé par le temps.

Je connais celle, par exemple, du producteur malin qui, après avoir lu un scénario, dit à l'auteur et au metteur en scène : « Ah ! Vous pensiez m'avoir, hein ? Vous avez demandé quatre acteurs pour jouer les trois mousquetaires ! »

Et cet autre producteur à qui Jean-Luc Godard (paraît-il) disait : « Mais enfin, ce que vous me proposez n'a aucun sens, ce n'est pas rationnel, ce n'est pas cartésien ! », et qui répondait : « Cartésien ! Cartésien ! Et qu'est-ce que le public il en a à faire, de Cartèse ? »

Et celui qui s'écriait avec énergie (et un accent d'Europe centrale) : « Je n'ai que deux mots à vous dire : Impossible ! »

Et celui qui – ne sachant peut-être pas très bien lire lui-même – se faisait lire par les auteurs le script. Il fermait soigneusement les portes de son bureau, fermait aussi les rideaux, se calfeutrait, allumait une petite lampe, coupait tous les téléphones et interphones, s'allongeait dans un grand fauteuil à bascule, croisait les mains sur son beau ventre et disait à l'auteur en fermant les paupières : « Et maintenant, je suis une midinette. »

Et celui qui disait un jour, au prix d'un grand effort de mémoire : « C'est d'après ce grand écrivain russe, comment il s'appelle déjà ? Ah, oui ! Tolstoïevski ! »

Et celui qui, ayant commandé une adaptation de *Robinson Crusoé* pour la télévision, en douze ou treize épisodes, se fit lire la première version du scénario, convoqua les adaptateurs (c'est l'un d'eux qui me l'a raconté) et leur dit : « C'est bien, très bien, c'est du bon travail, mais vous ne trouvez pas que Robinson, il est un peu seul dans l'île ? »

Et l'histoire de cet autre producteur qui remonte les Champs-Élysées et qui sent une main se poser sur son épaule. Sans s'arrêter, sans même se retourner, il dit : « Oui, moi aussi, on me doit de l'argent. »

Et cet Américain qui rêvait d'une nouvelle adaptation de *Notre-Dame de Paris*, de Victor Hugo, mais « en version moderne, sans tout ce côté vieillot ». Selon lui, il fallait remplacer la cathédrale par la tour Eiffel. À l'adaptateur éberlué qui lui demandait : « Et Quasimodo ? », l'homme répondit avec le sourire de celui qui avait prévu la question : « Quasimodo ? Mais c'est facile ! Il sera le peintre de la tour ! »

Je me suis même laissé dire – mais en faisant semblant d'y croire – qu'à un metteur en scène qui lui proposait un film sur Christophe Colomb, le patron d'un grand studio américain aurait dit : « Mais on ne pourrait pas moderniser tout ça ? Et si ça se passait de nos jours ? Qu'est-ce que vous en dites ? »

J'ai souvent entendu ces histoires-là, et d'autres. Elles font partie des fables, de la légende dorée du cinéma d'une certaine époque. C'est une guirlande sans fin. Un jour, elles composeront des mythes.

Mais un producteur demandant du travail, pour lui et pour sa femme, à un auteur à qui il doit de l'argent, ça, je ne l'avais jamais entendu. Et un travail, s'il vous plaît, payé au minimum quinze mille euros par mois.

*

Je n'en reviens pas. Quinze mille euros par mois : il pourrait à la rigueur s'en contenter. Vivre avec ça, en se privant beaucoup. Car il est prêt à se priver, il me l'a dit, tout comme sa femme. Il est résigné à un certain nombre de sacrifices. Cela me rappelle une phrase de Sacha Guitry : « J'ai connu des producteurs ruinés. Je n'en ai jamais connu de pauvres. »

— Écoutez, lui dis-je, je vais réfléchir, je vais voir ce que je peux faire, mais ne comptez pas trop sur moi, tout de même.

— Parlez de moi à vos amis.

— Je le ferai, je vous le promets, mais vous savez, mes relations sont très modestes.

— Je vous fais confiance, Jean-Michel.

— De votre côté (j'ose lui dire), si vous voyez une possibilité de me payer ce qui m'est dû…

— Oui, oui, bien sûr, ne vous inquiétez pas, je pense à vous.

— Comment vous allez faire, pour Jacqueline et les autres ?

— Je verrai.

— Ils sont au courant ?

— Au courant de quoi ?

— De ce qui se passe. Du fait que vous n'avez plus de banque, par exemple…

— Non, non, et ne leur dites rien, surtout.

Je me dirige lentement vers la porte, lourdement sonné, quand il me dit encore :

— Et faites bien attention où vous mettez les pieds. À votre âge, on ne se méfie pas. Moi, je peux vous le dire : nous sommes entourés de canailles.

*

Je sors du bureau, où je laisse un homme accablé. Dans la pièce principale, qui n'est pas encore entièrement aménagée, Jacqueline parle à voix basse au téléphone. Greta II est allongée à ses pieds, endormie. Elle a déjà pris les habitudes, et même les positions, de celle qui l'a précédée.

Je ne veux pas les déranger, je me faufile discrètement, au milieu des caisses, vers le département comptabilité, je vois Hervé (il écoute de la musique américaine des années 1940, très dansante) et je lui demande :

— M. André est là ? Je pourrais lui dire un mot ?

— Non, je regrette, monsieur Dumas, il n'est pas venu ce matin.

— Vous l'attendez ?

— Nous l'attendons depuis plus d'une heure, j'ai essayé d'appeler chez lui, pas de réponse. Pareil sur son portable.

N'osant pas lui parler de ce que je viens d'apprendre, de peur de l'alarmer inutilement (sans le savoir, Hervé est peut-être déjà au chômage), je lui demande, à tout hasard, s'il a des nouvelles de mon règlement. Il secoue doucement la tête en signe de véritable compassion.

— Non, je suis désolé. Toujours pas. Dès que je saurai quelque chose, je vous aviserai, je vous le promets.

— Oui, merci.

— Je vous en prie.

Et je m'en vais.

12

Je ne peux que rentrer chez moi. Je raconte ce que je viens de vivre à ma femme, qui a quelque peine à me suivre, à me croire. Les quinze mille euros par mois l'étonnent d'abord, puis l'indignent. Comment peut-on vivre, à ce point-là, hors de son temps ? Sous quel bandeau ?

Je ne sais que lui répondre.

J'espère, sans en être sûr, que ma femme me fait encore confiance. Lorsque nous nous sommes mariés, très jeunes, il y a déjà treize ans, j'hésitais encore sur ma vie. Mes études honorables me permettaient d'exercer comme professeur d'histoire quelque part, sans doute en province, tranquille. Pourquoi pas ? Mais l'envie d'écrire me harcelait depuis l'adolescence. Et je voyais deux films par jour, parfois même trois.

Ma femme, qui m'accompagnait souvent au cinéma, me donna son accord lorsque je parlai de laisser de côté l'enseignement et de me jeter dans l'aventure. Et même, à sa manière, avec persistance, elle m'y poussa. « Pourquoi pas toi ? », me disait-elle. Elle croyait en moi, à l'entendre.

Depuis cette date elle n'a jamais ronchonné, même si nous avons connu des passages difficiles (et ce n'est pas fini, selon toute apparence), même si elle penche pour le roman et se méfie, au fond, maintenant, sans jamais me le dire, du cinéma. Elle se demande quelquefois, à demi-mot, si le temps de gloire du septième art n'est pas déjà derrière nous, si je ne suis pas venu trop tard.

Dans les années 1960 et 1970, dit-elle, reprenant par moments le vocabulaire de son père (avec qui nous dînons une fois par mois, sans la mère), le cinéma planait, tel un aigle, dans les sommets du paysage. Impossible de dîner en ville, où que ce fût, sans que la conversation vînt se poser et s'attarder sur le dernier Kurosawa, Antonioni, Bergman, Buñuel, Fellini et tant d'autres, qu'il fallait avoir vus (sinon vous passiez pour un plouc). Le cinéma dominait la vie culturelle avec légèreté, avec une sorte de grâce. Malgré la part d'audience que la télévision lui dérobait – ou peut-être justement à cause de la perte de ce public assez facile à satisfaire –, le cinéma s'aventurait avec audace dans des territoires inconnus, disloquait son propre langage, le raffinait, le triturait, l'obscurcissait parfois.

Il nous surprenait sans cesse, dit le père de ma femme, qui, né dans les années 1940, se présente comme « un cinéphile à l'ancienne ». Tous les sentiments, toutes les ambiguïtés semblaient possibles au langage nouveau, toutes les zones d'ombre et même toutes les déviances, toutes les dérisions. Le cinéma devenait sa propre référence, il se pavanait dans sa galerie d'ancêtres personnelle, déjà, il se passait allègrement de la littérature, du théâtre, de la plupart des formes d'expression anciennes. À peine âgé de soixante ans, le futur lui semblait largement ouvert. Illimité, sans doute.

Que s'était-il passé ? Pourquoi l'écume de la haute vague déferlante était-elle, trente années plus tard, implacablement retombée ? Pourquoi le merveilleux cinéma italien, qui était pour nous le premier du monde, s'était-il évaporé, presque d'un seul coup ? Pourquoi, dans les dîners en ville, parlait-on maintenant vacances, football, rugby et réchauffement climatique ? Et même, et surtout, politique ? Et, pire encore, people ? Personne, parmi mes connaissances, ne parvient à le dire. Rares, d'ailleurs, ceux qui se posent la question.

Moi-même, pour dire vrai, je fréquente peu ces dîners-là. Lorsque cela m'arrive, j'ai l'impression de me trouver dans un débat télévisé, chacun coupant la parole à l'autre, et je cherche les caméras cachées autour de la table. On parle de ceci, de cela, de cuisine exotique, de pays étrangers, de la diplomatie américaine (là-dessus, presque tout le monde est d'accord). Sur les autres sujets les invités ne se laissent jamais convaincre, ils gardent leur crâne dans leur étau, ça ne fait rien, ce n'est pas grave, on passe à autre chose et chacun repart, un peu après minuit, avec la maigre certitude qui était la sienne trois heures plus tôt.

Quant au cinéma, c'est exact, le père de ma femme a raison, motus ou presque. Si quelqu'un cite un nouveau film, les autres convives ne l'ont pas vu. À peine s'ils en ont entendu parler. S'ils ont lu une seule mauvaise critique, dans le seul journal qu'ils consultent, ils disent : « Il paraît que le film se fait démolir par la presse », et la messe est dite. Les autres, qui ne sont au courant de rien, approuvent de la tête. *De profundis*.

Le film de la semaine, même bien accueilli, même primé, n'est plus l'événement. Il est caché quelque part sous la nappe. Un zakouski.

Le père de ma femme se contente de revoir les films de sa jeunesse, en DVD, comme d'autres relisent Stendhal ou écoutent sans fatigue les Beatles. Il assure, non sans mélancolie, que le cinéma s'est banalisé, terni. Que le commerce le ronge comme une lèpre sournoise et invincible, même si nous affectons de ne pas nous en rendre compte. Que les énormes films américains, étouffés par les effets spéciaux, déchiquetés par un montage ultrarapide, sont des objets monstrueux qui n'ont plus rien à voir avec Renoir, Ozu, Satyajit Ray ou Jean Vigo (« et pourtant, dit le père de ma femme, on appelle encore ça du cinéma »).

Retour à la foire des origines, mais sans l'énergie primitive, sans l'audace, sans la joie de l'invention, de la découverte de charmes jusque-là inconnus. Il dit aussi, en citant des exemples, que la télévision déteint sournoisement sur le cinéma européen, jusque dans la fabrication des images, dans les cadrages monotones et dans la facilité d'accès au récit (ne donnez pas de travail aux yeux, surtout, et encore moins à la pensée). La télévision se glisse comme un infiltré dans les situations répétitives, comme si nous reprenions les mêmes personnages, ou leurs voisins, ou leurs enfants. Dans le jeu des acteurs, aussi, quotidien, ordinaire. Le père de ma femme assure que tous les films, maintenant, se ressemblent, que bientôt on les clonera. Que les derniers grands flambeaux se sont éteints – Kubrick, Bergman, Antonioni, ces deux derniers le même jour, ou presque – et que les ruelles du cinéma, privées de ces lumières, n'attirent plus l'avidité curieuse des aventuriers de naguère.

Même les intellectuels s'en détournent. Parfois ils brûlent ce qu'ils ont adoré. Il est venu, le temps de l'indifférence, sœur aînée du mépris.

Le cinéma a vieilli avant l'âge, dit avec amertume le père de ma femme, chaque fois que je le rencontre. Le cinéma se croit jeune mais il est vieux. Il a parcouru tous les cycles possibles, il a exploré les grands boulevards mais aussi toutes les venelles, toutes les impasses. Mais il n'a pas su renouveler ses formes, il reste une image rectangulaire projetée sur un mur et le culte du box-office l'a assassiné.

Je proteste, parfois même je m'insurge, je dis que le cinéma vient aujourd'hui d'ailleurs, d'Asie surtout, je parle d'Abbas Kiarostami, de Hou Hsiao-hsien, de Jia Zhang-ke, de Bahman Ghobadi et des Mexicains, et des Israéliens, et des Argentins qui se réveillent. De tous ces films où nous courons, même s'ils ne sortent que dans deux ou trois salles, car ils portent la chance d'une autre vie, demain d'un autre cinéma. La forme du film n'a pas changé, dis-je à mon beau-père (un homme difficile à convaincre), et celle du livre non plus, pas plus que celle d'une cuillère ou d'une table. Des formes sont inventées une fois pour toutes et elles ne bougent plus. Elles sont pour ainsi dire parfaites. À qui viendrait l'idée d'inventer un autre marteau ?

La forme du livre est la même depuis combien de siècles, à peu de variantes près. Nous lisons toujours de la même manière, en passant d'un mot à l'autre, d'une ligne à l'autre, d'une page à l'autre, qu'il s'agisse d'un manuscrit du Moyen Âge ou d'un e-book, et pourtant comme la littérature se modifie, s'étonne elle-même, se pervertit, se métamorphose ! Rien n'interdit au cinéma d'en faire autant !

Nos discussions tournent court, souvent. « Je ne veux surtout pas vous décourager, me dit-il, mais vous verrez ce que je vous dis, vous verrez. »

Il dit aussi : « La peinture italienne a été la première du monde, mais elle s'est éteinte depuis quatre siècles. C'est comme ça. Les formes meurent. Que vous le vouliez ou non. Et nous ne savons pas pourquoi. »

Je proteste encore, mais le cœur n'y est plus, je le sens malgré moi, et je me demande sans cesse, furtivement, en me gardant bien de répondre : serais-je arrivé un peu trop tard ?

Je vois distinctement les progrès du commerce. Et ceux, qui l'accompagnent, de la médiocrité, facilité, infantilisation. Tout ce qu'on voudra. Progrès du dédain, de l'ignorance.

Tout le monde voit ça, à condition, bien sûr, d'avoir les yeux ouverts.

Oui, peut-être, me dit une autre voix, mais si tu étais né plus tôt, trente ou quarante ans plus tôt, si tu avais accompagné le cinéma dans son époque de conquêtes, d'illuminations et de prodiges, aujourd'hui tu serais très vieux. Ou même mort.

Comme François Truffaut, comme Louis Malle, comme Claude Sautet, Maurice Pialat, et tant d'autres. Pour ne parler que des Français.

Ces questions me tiennent parfois éveillé pendant une heure ou deux, le soir, près de ma femme. Mais je lui en parle le moins possible.

D'ailleurs, je ne lui apprendrais rien.

13

Deux jours plus tard, j'appelle Jacqueline et je lui demande comment vont les choses.

— Ça va, me dit-elle d'une voix que je trouve blanche. Elle m'a fait une petite crise affective, pendant deux jours elle ne voulait rien manger, elle a maigri, mais ça y est, elle recommence à s'alimenter. Je crois que c'est la conséquence de sa fugue, et aussi le changement de bureau. À son âge, c'est difficile de s'adapter à un nouvel espace. C'est difficile pour moi, à plus forte raison pour elle.

— Vous l'embrassez de ma part, lui dis-je.

— C'était tellement gentil de me la rapporter ! Jamais je ne l'oublierai. Et vous direz bien des choses à votre femme. Sur le moment, j'étais tellement émue, je crois que j'ai oublié de la remercier.

Je m'apprête à raccrocher quand elle me dit encore :

— Jean-Michel, vous savez quoi ?

— Non.

— Depuis quelques nuits, je fais un rêve affreux. Affreux !

— Quel rêve ?

— Je suis dans la rue avec Greta, je la tiens en laisse, et tout à coup une voiture passe et l'écrase !

Et je me retrouve avec un paquet de poils et de sang à la main ! Ma petite Greta ! Vous vous rendez compte ?

— Oui, Jacqueline, je me rends compte.

— Vous ne connaîtriez pas un truc pour chasser les mauvais rêves ? Pour qu'ils ne reviennent jamais ?

— Ah non, je ne crois pas que ça existe.

— Les psychanalystes, ils ne font pas ça ?

— Je ne crois pas, non.

— Qu'est-ce qu'ils font, alors ?

— Je ne sais pas au juste.

Je suis rassuré, en tout cas en ce qui concerne la santé de Greta la réincarnée. Mais, en interrogeant Jacqueline, je n'apprendrai rien sur la situation de la société. Quant au patron, « il est à Londres pour quelques jours, il est allé voir Sam ».

Sam est une haute figure emblématique, et même tutélaire, un producteur d'un âge avancé – plus de quatre-vingts ans, semble-t-il – vivant à Londres, dans la *Green Belt*. Il a naguère produit deux ou trois James Bond et il se maintient toujours en activité, en mettant « un peu d'argent ici ou là ». Il a connu Zanuck.

Le producteur parle de Sam en l'appelant « mon ami ». Lorsque « mon ami Sam » a dit quelque chose, personne au bureau ne songe à le discuter. Il est l'oracle de la Ceinture Verte.

Je ne l'ai jamais rencontré. Sur une méchante photo accrochée à un des murs du bureau, il apparaît, petit, rond, chemise blanche flottante à la mexicaine, cigare. Notre producteur, debout à côté de lui, a glissé l'un de ses bras sous l'un des siens et il sourit.

La semaine se passe en rumeurs. Elles me viennent d'Hervé, pour la plupart, mais aussi d'autres personnes que je rencontre ici ou là. Il semblerait que tout le petit monde du cinéma soit au courant de nos difficultés. Un journaliste que je connais vaguement me téléphone même et me demande si « ce qu'on raconte est vrai ». Je ne sais même pas ce qui se raconte et je me garde bien de parler de mon chèque. À propos, combien d'autres sont dans mon cas ?

La première de ces rumeurs dit que M. André a quitté la maison. Je rappelle Jacqueline, j'essaie de la cuisiner, elle ne me parle que de Greta, qui laisse craindre une rechute.

Pas un mot sur M. André.

Hervé, pour sa part, tourne autour de ma question (« Ah bon ? Vous êtes sûr ? Qui vous en a parlé ? Non, je ne l'ai pas entendu dire... Il n'est pas là aujourd'hui, mais nous l'attendons demain, ses affaires sont toujours sur sa table, il m'aurait prévenu tout de même, ou alors... »), et il s'arrange, en fin de compte, pour ne pas me répondre.

Ce qui ne me rassure guère.

Au fait, est-ce que M. André a pu faire réparer son ordinateur ? J'ai déjà la réponse à cette question, mais il faut bien que je demande quelque chose.

L'ordinateur ? Ah, Hervé n'en sait rien. Ou plutôt si : M. André aurait un nouvel ordinateur (encore une rumeur). Mais Hervé n'a pas le droit d'y toucher, de toute manière (les ordinateurs sont devenus ce qu'étaient les stylos autrefois : à chacun le sien, et ça ne se prête pas).

D'autres rumeurs chuchotent que les travaux effectués à Levallois ne sont pas payés, raison pour laquelle ils sont arrêtés. Et ainsi de suite. Nuages foncés qui s'accumulent. Orage proche ?

Pour sa part, ma femme a découvert dans un magazine people (par hasard, assure-t-elle, mais je la soupçonne de lire ces magazines en douce) que la comédienne danoise à qui nous prêtions une idylle avec notre producteur vient de se marier avec un champion de ski norvégien. Tout danger semble écarté de ce côté-là. L'article précise même que, en raison du réchauffement climatique, le mariage a été célébré sur de la neige artificielle.

*

Deux ou trois jours plus tard le téléphone sonne, je décroche, c'est le producteur lui-même qui m'appelle, directement, sans passer par une secrétaire. Sa voix s'est métamorphosée. Elle sonne haut et clair. Il me semble presque le voir rire.

— Jean-Michel ?

— Oui.

— Bonjour ! Vous allez bien ?

— Ça peut aller, lui dis-je. Et vous ?

— Vous faites quelque chose cet après-midi ?

— Non, je ne crois pas.

— Vous pouvez venir me voir ? J'ai une bonne nouvelle à vous annoncer.

— À quelle heure ?

— Quand vous voudrez.

J'arrive à Levallois vers quinze heures, on me fait attendre une petite dizaine de minutes, je vois un homme vêtu de sombre sortir du bureau principal en portant une serviette noire, et le producteur me reçoit, comme promis.

Je m'assieds à ma place habituelle, le cœur impatient, et j'attends la bonne nouvelle. Me concerne-t-elle ? Je n'ose plus y croire. Notre patron est souriant, presque jovial. Il s'assied lui aussi en face de moi, dans son fauteuil américain à bascule, et me dit, avec – je le jure – une véritable émotion dans la voix :

— Vous savez, Jean-Michel, il y a tout de même des choses, par moments, qui vous réconcilient avec l'humanité.

— Par exemple ?

— Par exemple l'amitié. Je vais vous dire : ce n'est pas un vain mot. Quand un ami se conduit véritablement comme un ami, je vous assure, Jean-Michel, ça me donne envie de pleurer.

En effet, je vois trembler la pointe de son menton et rougir ses yeux.

— Que vous arrive-t-il ?

— Écoutez-moi : je suis allé à Londres, chez mon ami Sam, je lui ai expliqué ma situation, en toute franchise, je lui ai dit où j'en étais, que j'allais sûrement devoir fermer boutique, et vous savez ce qu'il a fait ?

— Non, dites-moi.

— Sans rien dire, il s'est levé, il est passé dans la pièce voisine, dans son bureau, il est revenu trois minutes plus tard, il tenait à la main un chèque plié en deux, il l'a glissé dans ma pochette, là, et il m'a dit : « Tu me le rendras quand j'en aurai besoin. »

J'attends deux ou trois secondes avant de demander :

— C'était un chèque de combien ?

— Je n'ai pas voulu regarder tout de suite, vous comprenez. Je ne voulais pas passer pour un malpoli. J'ai attendu plusieurs heures, le temps d'être sorti de sa maison. Une belle maison, entre parenthèses, vous devriez voir ça. Avec un golf privé, un billard, deux piscines couvertes. Vous voyez le genre. Dans la voiture qui m'emmenait à l'aéroport, j'ai mis la main dans ma pochette, j'ai retiré le chèque, je l'ai déplié, c'était le soir, j'ai allumé le plafonnier... Ah, Jean-Michel, s'il ne nous restait que l'amitié sur cette terre, il y aurait encore de l'espoir...

— Mais il était de combien, ce chèque ?

— D'un million de dollars.

Est-ce peu ou est-ce beaucoup ? Sur le moment, je ne sais pas. Mais j'aurai bientôt la réponse, sans doute. Il n'est évidemment pas question de financer un film avec un million de dollars, c'est du moins ce que dans ma naïveté je pense, ni même de faire fonctionner une société pendant plus d'un an.

Mais je suis curieux. La vie souterraine de l'argent me demeure constamment obscure. Je demande :

— Qu'en avez-vous fait ?

— D'abord, j'ai récupéré une banque. Quand vous arrivez avec un chèque d'un million de dollars, laissez-moi vous dire, vous êtes très bien reçu dans les banques.

— Laquelle avez-vous choisie ?

— Je les ai mises en concurrence. Avec l'aide d'Hervé et d'Internet. C'est assez facile maintenant. Et vite fait. Je leur ai demandé leurs conditions et j'ai choisi celle qui m'a semblé la mieux disposée, la meilleure. Vous n'avez pas vu un homme qui sortait d'ici ?

— Si.

— Il emportait mon chèque dans sa serviette.

— Vous avez donc un nouveau compte ? (Un espoir insensé vient de se lever en moi.)

— J'ai plusieurs nouveaux comptes, mon cher Jean-Jacques.

— Jean-Michel.

— Oui, pardon, mon cher Jean-Michel. Mais écoutez-moi. Il faut que vous compreniez une chose, à votre âge, et ce que je vais vous dire pourra vous être utile un jour : quand je dépose un million de dollars dans une banque, ce n'est pas pour leur faire un cadeau.

— Je m'en doute.

— Je pose d'abord mes conditions, comprenez-vous ? J'exige, le jour même, qu'on m'ouvre un crédit de deux millions de dollars, sur une période de trois ans, à un taux d'intérêt que nous n'avons pas fini de discuter, mais nous sommes proches d'un accord. Vous me suivez ?

— Oui.

— J'ai donc, en fait, aujourd'hui, trois millions de dollars à la banque.

— Je comprends (en fait je prétends comprendre, mais l'argent me demeure une substance impénétrable). Et qu'allez-vous en faire ?

— J'hésite encore.

— Vous allez vous relancer dans la production ?

— Je pourrais. Avec un investissement de trois millions au départ, plus quelques aides publiques que j'arriverai bien à décrocher, plus la participation d'une ou de deux régions, en France, quelques préventes à l'étranger, une coproduction ou deux, des sponsors, Canal Plus et même trois ou quatre investisseurs privés, on arrive assez vite à dix ou douze millions de dollars.

— À ce point-là ?

— Oh, oui ! (Il a retrouvé tout son allant, il est comme un chien sur la piste.) Et même un peu plus, en insistant. Et puis, Jean-Michel, il ne faut pas oublier le crédit ! Que serions-nous sans le crédit ?

— Quel crédit ?

— Dans les laboratoires, par exemple. Quelquefois même dans les studios. Chez les loueurs de matériel. Et aussi les participations que prennent certains techniciens, les paiements différés. Il faut tenir compte de tout, si vous saviez ! De tout !

— Y compris de ce que vous ne payez pas ?

Son visage, soudain, s'attriste. Ses bras tombent.

— Jean-Michel, me dit-il, vous ne devriez pas me parler de cette façon. Moi qui ai tout fait pour vous payer ! Moi qui ai remué ciel et terre, dans la mauvaise passe que je traversais, pour vous trouver un peu d'argent…

— Sans y parvenir.

— Je ne vous ai rien réglé ? me demande-t-il alors, avec une absolue candeur.

— Absolument rien.

— Vous êtes sûr ?

— Absolument sûr.

— Mais comment est-ce possible ?

— Je me pose la même question.

— De toute façon, tout cela n'a plus d'importance, Jean-Michel. À côté de ce qui nous attend, ce que je vous dois n'est que de la broutille.

— C'est-à-dire ?

— De la broutille ! Peanuts ! Trois fois rien ! Vous en serez vous-même très étonné ! Écoutez-moi bien, j'ai bien réfléchi, une bonne partie de la nuit, et je vous fais une proposition sérieuse.

— Oui.

— C'est pour ça que je vous ai demandé de venir.

— Je vous écoute.

— Asseyez-vous.

Je ne m'assieds pas. Je suis déjà assis.

Il se tait, il me regarde avec un sourire attendri, plein de charme, il passe sa main gauche dans ses cheveux blancs qui seraient teints, mais partiellement, en beige clair, puis il me demande :

— Voulez-vous devenir mon associé ?

— Moi ?

— Oui, vous, bien sûr ! C'est à vous que je parle ! Vous voyez quelqu'un d'autre dans cette pièce ? Vous savez que je vous aime beaucoup, Jean-Michel, que je vous ai toujours fait confiance, là-dessus vous n'allez pas me contredire tout de même ?

— Non, non.

— Je vous ai toujours soutenu, partout. Même devant des gens qui ne vous appréciaient pas. Et j'ai des témoins.

— Oui, je vous crois.

Qui sont ces gens qui ne m'apprécient pas ? Il faudra que je me renseigne.

Et voici ce qu'il me demande :

— Est-ce que vous avez une bonne histoire dans vos tiroirs, en ce moment ?

J'ai déjà entendu cette question à plusieurs reprises et ma réponse ne varie guère : non, je n'ai pas de bonne histoire en ce moment dans mes tiroirs, ni ailleurs.

J'ai bien quelques idées vagues, qui sautillent, qui vont et viennent (tous les auteurs sont ainsi, j'imagine), mais rien de construit, de surprenant, de séduisant. Rien qui puisse se raconter d'une seule haleine. Si j'avais une bonne histoire, elle ne resterait pas longtemps dans mes tiroirs. Elle taperait de tous ses membres pour en sortir.

— Ah, c'est dommage, me dit-il, nous aurions pu monter ça tout de suite. Nous aurions pu faire affaire ensemble.

— Vraiment ?

— Si je vous le dis ! Avec dix millions de dollars, c'est le moment d'en profiter ! Naturellement, je peux toujours relancer le *sequel* du film scandinave, je n'ai qu'un coup de fil à donner, mais franchement, c'est du réchauffé, ça ne me dit plus rien. Les idées se démodent tellement vite, si vous saviez ! Non, je voudrais faire quelque chose qui m'intéresse vraiment, pour une fois. Un film que j'aimerais vraiment ! Qui me ferait rire, qui me ferait pleurer, qui sortirait de là, de mes tripes ! Que je pourrais signer sans aucune honte ! Vous ne pourriez pas me trouver un très bon sujet ?

— Maintenant ?

— Le plus tôt possible, Jean-Michel ! J'ai très envie de me remettre au travail, tout le monde m'y pousse, et tout de même je connais des gens dans le métier ! Écoutez-moi bien, si vous me trouvez quelque chose, vous avez ma parole, je vous mets dans le coup avec moi et vous pouvez gagner une fortune !

Il se lève et me tend la main en précisant :

— Une petite fortune.

Trente secondes plus tard, je suis dehors, la tête quelque peu troublée, et je marche vers le métro.

Mon chèque, au fait : j'aurais dû insister, je le sens. Ne pas me contenter d'une allusion, d'une promesse, d'un sourire. Mais je suis trop surpris pour m'attarder à ce regret.

14

Je m'attendais à quelques réticences, chez ma femme, je me trompais. Elle est encore plus excitée que moi. Elle me dit même que c'est la chance de ma vie. Enfin.

— Tu te rends compte ? Un film qui serait né de toi ! Dont tu serais l'initiateur ! Et tu aurais quoi ? Combien ? Cinquante pour cent ?

— Je ne sais pas, il est toujours vague avec les chiffres. Mais cinquante pour cent, certainement pas, tu es folle !

— Mais si tu apportes tout ?

— J'apporte l'idée, ce n'est pas tout.

— Tu apportes l'idée et tu écris le script, tout de même.

— Évidemment.

— Peut-être aussi tu le mettrais en scène ?

— Nous n'avons pas parlé de ça.

— Mais pourquoi pas ?

Je reste silencieux un instant, puis je demande :

— Tu crois que j'en serais capable ?

— Franchement, quand on voit ce qui se fait…

C'est ce qu'on entend toujours dire : quand on voit ce qui se fait, au fond, pourquoi pas toi ? Comme si j'étais parfaitement capable de faire aussi mal. Ce qui est sans doute vrai.

Mais mieux ? Suis-je capable de faire mieux ?

Ma femme en est persuadée, tout à coup.

— Avec un bon assistant, dit-elle encore.

Un bon assistant, évidemment. Qui lui aussi rêverait de faire un film comme metteur en scène et qui se demanderait, et qui demanderait aux autres, pourquoi un scénariste, tout à coup, se trouve bombardé metteur en scène alors que lui… Un jaloux permanent à mes côtés. Un espion amer, un saboteur triste.

Et puis finalement je me laisse convaincre. Oui, pourquoi pas, au fond ?

— Si je rate le film, lui dis-je toutefois, ensuite il me sera très difficile de redevenir scénariste.

— Et pourquoi tu le raterais ? Pourquoi tu pars toujours battu ?

Je n'ai rien à répondre à ça. Il est même possible que ma femme ait raison.

Nous dînons d'une salade et d'un morceau de gigot froid qui traîne depuis deux jours dans le réfrigérateur. Avec de la moutarde pour tenter de le relever et du pain d'hier. Pas le temps de faire des courses. Ma femme ne me demande pas si j'ai une bonne histoire qui traîne dans mes tiroirs. Elle sait que je n'en ai pas.

Mais elle me convainc que nous devons en trouver une et, sans attendre, face à face, nous passons au travail. En tout cas, dit-elle d'emblée (autoritaire), pas question d'une histoire de couple dans les milieux bobos d'aujourd'hui. Tout mais pas ça. Par pitié. Il sort une douzaine de ces daubes par semaine, avec toujours un père à problèmes dans une famille recomposée, une adoption discutable, un adultère décevant, une femme inactive de trente-neuf ans qui s'étiole sans savoir pourquoi, un ex, ou une ex, qui refait surface, un psychologue aux longs cheveux gris et une mère divorcée essayant de se recaser (parfois elle a un fils autiste, ou accidenté), vraiment tout le monde en a marre. Même les bobos n'y vont plus.

Je suis d'accord. Alors quoi ?

Nous écartons sèchement polar et thriller : pas dans nos cordes. Ni dans nos goûts. Dehors les gangsters et les ripoux. À d'autres. Dès que je me trouve devant une affiche montrant un personnage braquant un flingue sur les passants, je m'écarte, c'est un réflexe. Je m'enfuis presque, comme si j'étais menacé. Jamais je n'entrerais dans une salle se coiffant de ce geste-là. Et ma femme est comme moi. En plus stricte.

Que nul n'entre chez nous, par conséquent, s'il porte une arme.

— Peut-être un film d'époque ? dit-elle.

— Ça coûte cher, les films d'époque.

— Mais il y a un public pour ça.

— Tu crois ?

— Moi, j'aime bien. Il n'y a que le cinéma pour te promener dans le passé.

— Non, pas pour un premier film, je t'assure. Plus tard peut-être, si le premier marche. Mais un premier film doit être contemporain.

— Pourquoi ? demande-t-elle.

— Je le sens comme ça.

En disant ces mots, je me rappelle alors un jeune metteur en scène qui établissait ainsi son plan de vie, il y a une douzaine d'années : « Je commencerai par un polar, c'est le plus facile, ensuite je ferai une comédie, après ça un film d'auteur, et puis je verrai. »

Je n'ai plus de nouvelles de lui.

*

Nous commençons à dire ce qu'il nous faudrait inventer. Il nous faudrait une histoire contemporaine, c'est donc à peu près sûr, avec des personnages jeunes (les vieux n'intéressent plus personne, leur vie est jouée, leur avenir bref), quelque chose d'actuel, de mordant, d'incisif, de dérangeant, de virulent, de corrosif, de décapant, d'inoubliable, quelque chose qui frappe et qui remue, mais qui divertisse en même temps, au moins par moments, quelque chose qui décoiffe, qui déchire, qui vrille, qui arrache, qui…

Facile à dire, évidemment. Après quinze minutes d'adjectifs, nous nous taisons. Ma femme demande tout à coup :

— Un film sur un terroriste ? Ou sur un groupe de terroristes ?

— Deux ou trois par semaine, lui dis-je. Ça aussi, ça s'use en un rien de temps.

— Oui, tu as raison (elle reconnaît vite ses torts, presque aussi vite que les miens). Et puis, ce sont les pays victimes du terrorisme qui doivent faire des films là-dessus ! De quoi nous irions nous mêler ? Qu'est-ce que nous en savons, du terrorisme, toi et moi ?

— Nous pourrions faire un stage.

— Ne te marre pas. Nous aurions l'air de vouloir donner des leçons.

— Rien de pire.

— Rien.

Elle reste un instant silencieuse (peut-être songe-t-elle à quelque film se passant en Hongrie, son pays d'origine, après tout pourquoi pas ?), puis elle dit, soudain rêveuse :

— Au contraire, pour nous délasser de tout ça, ce qui manque, en ce moment, c'est une comédie romantique, quelque chose de drôle et de sentimental en même temps. Tu vois ce que je veux dire ?

— Oui, je crois.

— Comme au bon temps de la comédie américaine. Mais en plus sexy, évidemment. En moins coincé. À cette époque-là, tous les hommes étaient vierges.

— Aux États-Unis en tout cas.

Je lui rappelle que ce que nous nommons en France la « comédie américaine », référence à un âge d'or égaré, compte tout au plus, sur trente ou quarante ans de cinéma, huit ou neuf titres que nous pouvons encore regarder aujourd'hui. De même pour la prétendue « grande époque du cinéma français » (Renoir, Carné, Clair, Becker, Vigo, Clouzot, Duvivier peut-être) : allez, disons trente films en trente ans. À peine un par an.

— Et puis, lui dis-je encore, ne crois surtout pas que c'est simple et facile. Déjà, de nos jours, écrire une histoire d'amour, une passion violente, contrariée, même *Roméo et Juliette*, même *Autant en emporte le vent*, ne t'imagine pas que c'est gagné d'avance.

— Tu veux dire que les gens ne s'aiment plus (elle me regarde avec inquiétude) ?

— Plus comme avant, ça j'en suis presque sûr, dans les histoires en tout cas.

— Moi, dit-elle alors (après quelques secondes de réflexion, le front plissé), je me demande si ce n'est pas le contraire.

— Éclaircis-moi.

Je l'écoute :

— Eh bien, dans le temps, par exemple à l'époque de Shakespeare, en fait les gens ordinaires ne vivaient pas de grandes histoires d'amour, tu comprends ? Ils se mariaient par arrangement, par intérêt, entre familles. Presque toujours. L'amour, le sentiment d'amour, personne ne savait vraiment ce que c'était. À plus forte raison la passion. Et c'est pour ça que des histoires comme *Roméo et Juliette*, ou *Le Cid*, ou *Bérénice*, avaient tant de succès.

— Elles en ont toujours.

— C'est vrai. Mais tu remarqueras que dans tes histoires de bobos, aujourd'hui, les grandes passions, les passions folles, celles qui font mourir, sont rarissimes. Tu y vois des gens qui discutent à perte de vue, qui s'analysent du bout des lèvres, qui se fuient du regard, qui se demandent s'ils ne sont pas en train de s'oublier en pensant à l'autre et qui de temps en temps pleurnichent dans la salle de bains. Ça se limite à ça. Un personnage qui se tue par amour, ça ne se fait plus, ça ferait rigoler, ou alors il passerait pour un givré.

Elle a peut-être raison, mais cette conversation nous entraînerait très loin, et sans résultat probant. Nous le sentons très vite l'un et l'autre.

— Remarque bien, me dit encore ma femme, des cinglés, il y en aura toujours. Des obsédés, des pervers, des pédophiles, des brutes.

— Plus qu'autrefois, même, peut-être.

— Peut-être. Nous sommes plus nombreux qu'autrefois, de toute manière. Donc, nous comptons plus de tordus.

— Plus de criminels, aussi.

— C'est possible, je ne me rends pas compte. En proportion, je ne suis pas sûre.

— Et plus de saints ?

— Comment ?

— Plus de bienfaiteurs, plus de cœurs purs et dévoués ?

— Là-dessus, il faudrait que je réfléchisse, me dit-elle.

Je la laisse réfléchir une vingtaine de secondes, ou trente, puis elle dit :

— Ça doit pouvoir se discuter. Ce qu'il y a de sûr, c'est que tu ne peux pas construire une histoire sur un malade. Je veux dire : autour d'un personnage qui serait malade d'amour. Dont l'amour serait une maladie, une vraie, tu me comprends ? Et pas davantage sur un criminel organisé, sur un monstre froid. Les films sur Landru n'ont jamais marché. Ni sur Jack l'Éventreur. Les gens n'ont pas envie de voir ça.

— Et *M le Maudit ?*

— Oui, mais là c'est différent, c'est une autre époque, il y a derrière toute l'Allemagne nazie qui s'annonce. Et puis, excuse-moi, c'est un chef-d'œuvre.

— D'ailleurs, est-ce que le film a été un succès, à l'époque ?

— Un succès commercial ? Je n'en sais rien mais j'en serais surprise.

— Oui, moi aussi.

Je lui fais remarquer que nous nous égarons dans notre recherche. Elle en convient aisément. Rien n'est plus tentant, quand on cherche une idée, que de parler des idées des autres. Cela nous donne l'impression de travailler, alors qu'en réalité nous n'avançons pas. Mais pas du tout. Nous nous égarons dans des chemins si souvent battus qu'ils sont épuisés.

Tout à coup, elle se souvient d'une situation que je lui avais rapidement racontée quatre ou cinq ans plus tôt : un homme de quarante-cinq ou quarante-huit ans vient d'être viré de sa boîte. Il n'ose pas le dire à sa famille, à sa femme en particulier, d'autant plus qu'ils se préparent à célébrer le mariage de leur fils aîné. L'homme continue, chaque jour, à quitter son appartement à la même heure, avec sa petite serviette noire, comme s'il se rendait au bureau. Et il rentre en fin d'après-midi, comme d'habitude.

Son fils a une fiancée charmante et délurée qui, un jour, par hasard (le fameux hasard !), rencontre son futur beau-père se promenant seul, désœuvré, dans le jardin du Luxembourg. Elle s'en étonne, car elle le croyait à son travail, elle lui demande ce qu'il fait là. Il lui dit brusquement la vérité, elle en est touchée et une idylle se noue entre ces deux personnages.

— Je me souviens, me dit ma femme, c'était une relation assez étrange, comme si l'homme adulte préparait la jeune fille pour son fils. J'aimais bien cette idée.

— Oui, mais je me suis rendu compte que Louis Malle a fait un film qui ressemblait à ça.

— Ah, oui ! Avec Juliette Binoche.

— Et Jeremy Irons. Et c'est pour ça que j'ai laissé tomber.

— Ce n'était pas la même histoire, si ?

— Presque. Un homme couchait avec la fiancée de son fils. Je crois même qu'il existe un film japonais, assez récent, qui a le même point de départ. Un homme perd son emploi et n'en parle pas autour de lui.

— Tout a déjà été fait.

— Presque tout.

— À ce compte-là, on ne ferait plus jamais rien.

Il nous faut pourtant trouver quelque chose. Si les scénaristes n'ont pas d'idées pour faire des films, qui leur en donnera ? « Et si le sel perd sa saveur, avec quoi la lui rendra-t-on ? »

C'est notre boulot, après tout. Rien à dire.

*

Nous restons un moment silencieux, puis ma femme, dont la mémoire est décidément très active, me demande :

— Et cette histoire de la fille de province qui venait à Paris pour chercher son père, tu te rappelles ?

— Oui, vaguement… C'était quoi, déjà ?

— Elle a trouvé des lettres d'amour de sa mère, qui vient de mourir à Amiens, où à Metz, je ne sais plus, et elle a le choix entre plusieurs pères.

— Oui, je me souviens, tu as raison, c'était quelque chose comme ça. Sa mère avait eu plusieurs amants, dans l'année précédant sa naissance.

— Et la fille va les voir l'un après l'autre. Elle choisit son père.

— À condition, dis-je, qu'elle en trouve un qui lui plaise.

— Je me rappelle, il y en a un qui boit et qui est violent, qui ne veut la voir à aucun prix, qui a tout oublié de sa mère, un autre qui est gay…

— Oui ! Et son amant s'étonnait de découvrir soudain que la folle avec qui il vivait depuis des années avait une grande fille. « Toi papa ! » C'était assez drôle, ça. Oui, j'aimais bien.

— Et un autre qui vit dans un camping-car avec une famille nombreuse. Toute une marmaille, bien tassée. Lui, c'est du genre plutôt brave, il serait d'accord pour la recevoir, pour qu'on se serre un peu, mais c'est elle qui ne veut pas. L'idée de vivre là-dedans l'horrifie. Et elle s'enfuit en courant, je me rappelle. Il y avait d'autres possibilités de pères, aussi. Mais aucun ne lui convenait.

— Tu te souviens de tout, c'est incroyable.

— Elle n'était pas mal, cette histoire. Une sorte de comédie un peu amère, par moments un peu triste. Elle demanderait à être travaillée, bien sûr, mais il y avait quelque chose. À la fin, la fille jetait les lettres dans la Seine, il me semble.

— Oui, mais ça donnera toujours un film à sketches. Quoi qu'on fasse.

— C'est vrai, c'est le danger.

— Un père après un père. Et ainsi de suite.

— Oui.

Alors quoi ?

— Un film sur des chiens ? me propose-t-elle.

— Sur des chiens ?

— Ou sur un chien. Maintenant que nous savons tout sur les chiens. Quelque chose qui ressemblerait à ce qui est arrivé à Jacqueline.

— Ça n'irait pas loin, dis-je.

— Pas sûr. La réincarnation d'un chien, sa résurrection même. Et le personnage du marchand, c'était tout de même quelque chose.

— Oui, mais pour trois minutes. Ou quatre.

— Peut-être.

Nous rêvons un peu là-dessus, puis nous laissons tomber. Adieu les chiens.

J'évoque alors la possibilité d'une histoire familiale, avec mort d'homme (ou de femme), dans une grande maison à la campagne. Héritages, révélations, bâtards, crises de nerfs…

— C'est pour la télé, me dit ma femme.

Probable. Le genre saga de l'été. J'oublie.

Est-il possible que ma femme se sente un peu vexée de mon manque d'enthousiasme devant son histoire de chien ?

Elle boude un peu, il me semble.

Je me souviens alors de ce que me disait un vieux scénariste, rencontré par hasard dans le métro, des années plus tôt : « Surtout, gardez toujours plusieurs fers au chaud. N'arrivez jamais avec une seule idée, que vous allez présenter aux producteurs comme l'idée géniale, miraculeuse. Ils trouveront toujours comment la démolir. Car c'est leur métier, vous comprenez, surtout à la télévision : dire non. Un métier subtil, qui s'apprend. Comment refuser. Présentez-vous au contraire avec tout un éventail d'idées. Pas un énorme éventail : cinq ou six, ça suffit. Si la première ne plaît pas, vous dites : attendez un peu, j'en ai peut-être une autre. Et ainsi de suite. Et ne déballez pas tout du premier coup. Dites que vous allez réfléchir, revenir, que vous avez besoin de quelques jours. Parce que vous ne savez jamais pourquoi on va choisir de faire ce film-là, et pas un autre. Et vous ne le saurez jamais. Et eux non plus. »

Conseils donnés dans le métro. Je n'oublie pas.

Le vieux scénariste me raconta aussi, ce jour-là, qu'il avait connu un chef comptable exceptionnel, d'un dévouement sans égal, sans doute. Un monsieur cravaté, décoré, avec gilet. Un jour, un vendredi, à 16 heures moins vingt, alors qu'il s'apprêtait à aller retirer de l'argent à la banque pour payer quelqu'un (à cette époque-là les banques fermaient à 16 heures), il fut frappé d'une attaque cardiaque. Il tomba de son bureau sans pouvoir respirer. On se précipita, on lui ouvrit le col de sa chemise, une secrétaire demanda :

« Est-ce que j'appelle l'hôpital ? » Il fit « non, non » de la main, sans pouvoir parler, le regard fixe, il but un verre d'eau, refusa un bouche-à-bouche, se traîna un moment sur le sol et vers 16 h 10 il se sentit mieux. À 16 h 30, il se releva, se rassit dans son fauteuil, remercia tout le monde et reprit son travail.

Mon producteur dirait : un homme comme on n'en fait plus.

*

Nous nous couchons sans résultat. Nos rêves ne nous apportent rien (d'ailleurs les rêves n'apportent jamais rien). Le lendemain matin, petit déjeuner en silence. Ma femme accompagne notre fille à l'école et je reste seul à glander.

Quoi ? Que faire ? Je ne peux pas retourner auprès du producteur et lui avouer que je n'ai aucune idée. Il me lâcherait, c'est certain. Il se dirait déçu. « J'attendais mieux de vous, Jean-Michel, franchement. » Si j'allais faire un tour ? On assure que Simenon trouvait ses idées en marchant : il voit trois arbres, ce sont trois frères, plus loin un mur, c'est une prison. Et ainsi de suite.

Mais d'autres restent enfermés dans l'obscurité, sans bouger, et des idées leur viennent aussi.

Elles sont où, les idées ?

Et si je relisais Balzac ? Il paraît qu'il y a tout, dans Balzac. C'est le plus grand scénariste que la planète ait jamais porté. Sa capacité d'invention – et je n'ai pas tout lu ! – m'a toujours semblé prodigieuse. Elle m'émerveille, elle m'écrase. J'y trouverais sûrement quelque chose à piquer, tant d'autres l'ont fait avant moi. Les gens disent que toutes les situations, toutes les intrigues de Balzac peuvent s'adapter à notre temps, à notre monde.

Oui, mais pour lire Balzac il faut combien de mois ? Où commencer, dans cet océan ? Comment ne pas se perdre, se noyer ?

Comment savoir ce qui n'a pas encore été fait ?

J'ai connu un producteur de télévision qui avait fait mettre en fiches toute la littérature romanesque française du XIXe et du XXe siècle, plus une bonne cinquantaine de romans étrangers : deux ou trois pages de résumé pour chaque livre. Intrigue, personnages principaux, points forts et points faibles, conflits, duels, scènes de sexe possibles. Un travail gigantesque, qui ne servait à rien.

D'autres disent qu'il faudrait chaque jour lire la presse, surtout la presse de province, pour y dénicher des faits-divers. Le fait-divers, au moins c'est du vrai, disent les amateurs de cette méthode, qui ne m'a jamais convaincu. La chose a eu lieu, d'accord, elle est donc humainement possible (mais ne sommes-nous pas capables de tout ?). Et puis, si singulière que soit l'action, est-elle intéressante ? Est-elle acceptable ? Surprenante et cependant inattendue ? Ah, que de questions torturantes !

Ma femme revient un peu plus tard et me demande :

— Et ton histoire de taupe, tu te souviens ?

— Quelle histoire de taupe ?

— L'agent communiste tapi dans une petite ville, marié, père de famille…

— Ah, oui !

— Il a un boulot, il mène une petite vie peinarde, le communisme s'est effondré depuis quelque temps, et soudain il reçoit un ordre d'action.

— Oui, il doit aller exécuter quelqu'un.

— C'est ça. Et il se demande si c'est sérieux, si l'ordre vient de Moscou, du KGB, ou de Poutine, comme si rien n'avait changé au Kremlin.

— Et s'il n'obéit pas, c'est lui qui va y passer.

— Exactement.

— On le lui fait clairement comprendre. Et il est bien placé pour savoir qu'on ne rigole pas avec ces gens-là.

— Pas mal, comme idée de départ.

— Pas mal, oui, mais je me demande si c'est encore valable. Il y a quand même plus de vingt ans que le communisme s'est écroulé.

— Mais les réseaux sont restés. Tout le monde le dit. C'est ça que j'aime dans ton histoire. Les réseaux sont plus forts que les régimes.

Elle se tait un instant et ajoute :

— Et puis, tout le monde dit que Poutine, Medvedev et les autres n'ont qu'une idée : reconstituer l'empire. On l'a bien vu avec la Géorgie.

Je me tais et je réfléchis. Oui, même s'il s'agit d'une fiction teintée d'impossible, pourquoi pas ? D'autant plus que l'ordre venu de Moscou peut être une erreur, envoyé, par suite de quelque fourvoiement, à ce destinataire-là, qui dans le passé n'a jamais entretenu le moindre contact avec le KGB. Situation classique de la méprise (*North by Northwest*, de Hitchcock, avec Cary Grant, et combien d'autres films) : un individu embringué dans des péripéties mortelles qui ne le concernent en aucune façon. Des inconnus en veulent à sa vie, il ne peut pas savoir pourquoi, il se débat dans un filet obscur et des mains anonymes l'étranglent.

Dans ce cas-là, ce serait encore plus excitant : un homme qu'on obligerait à commettre un meurtre. Il pourrait même connaître la victime désignée, tenter de la prévenir, la victime pourrait être de ses amis, une de ses connaissances : péripéties possibles, intéressantes, neuves.

Mais pour « la taupe » elle-même, il est peut-être un peu tard. De nos jours, le personnage principal devrait avoir au moins cinquante-cinq ans. C'est un *hic*.

Ma femme l'admet.

— « Le fils de la taupe », peut-être ?

Elle ne sourit même pas.

*

Nous allons nous coucher, il est tard. Des brouillards d'histoires traînent en moi.

Vers le milieu du XIXe siècle, un certain nombre de théoriciens affirmèrent que le nombre des situations dramatiques – c'est-à-dire des actions, des histoires, de tout ce qui peut se raconter – est strictement limité. Il se situerait autour de trente-quatre, ou de trente-six (je ne sais plus très bien, il m'arrive de confondre avec les positions érotiques).

Inutile donc, disaient ces péremptoires, de chercher d'autres situations que celles qui ont déjà été traitées. Contentons-nous d'imiter, d'adapter. Restons bien sages.

Aujourd'hui, il se trouve encore quelques résurgences de ces vieilleries dans les manuels américains à l'usage des scénaristes. Les auteurs y donnent même des éléments pour identifier et aussi pour développer ces situations, selon des recettes connues, stables et permanentes. Propres et rassurantes.

J'ai même vu, un soir, à la télévision, un reportage sur un « professeur de best-sellers », quelque part aux États-Unis. Un jeune homme pérorait devant une quinzaine de vieilles dames qui prenaient des notes, et leur expliquait comment écrire un roman à succès. Était-il bien payé ? Je l'espère pour lui. Bon baratineur, en tout cas. Pauvres dames !

Tout cela n'est que du vent, bien entendu. Du vent bourgeois. Il s'agissait, à ce moment-là du XIXe siècle, alors que triomphait en Europe la bourgeoisie d'affaires, d'établir un ordre nouveau en toutes choses et même de réglementer l'imaginaire, d'encarter la folle du logis, la dangereuse agitatrice.

Il fallait ramener toutes les histoires à des modèles bien connus, bien rassurants.

Vingt ou trente ans plus tard, tout volait en éclats. Il suffisait de la rencontre inopinée de deux personnages, ou même de trois objets (une machine à coudre et un parapluie, par exemple, sur une table de dissection), pour que surgissent des relations nouvelles, des conflits imprévus. Je le proclame à chaque occasion : le territoire dramatique est sans limites. Il y a des histoires partout. Elles naissent et courent de tous les côtés. Elles fourmillent.

Oui, mais comment en choisir une ?

15

J'en ai choisi une. Je me retrouve à La Petite Joconde avec le producteur, et je lui raconte.

— J'ai trouvé l'idée dans Montaigne, lui dis-je.

Je croyais l'impressionner avec ce début. Rien du tout. Il me dit simplement :

— Ah, bon ?

— Oui, il raconte ça dans les *Essais*. C'est une histoire vraie. Le début, en tout cas.

— Montaigne ?

— Oui.

— Et ça dit quoi ?

— Écoutez, voilà, au départ nous sommes dans une église, un dimanche, à la messe. Ça se passe dans le Périgord, ou en Aquitaine. Quelque part par là, dans le Sud-Ouest. Le curé va monter en chaire pour prêcher quand soudain une femme s'avance et demande à prendre la parole.

— Dans l'église ?

— Oui.

— Et le curé la laisse parler ?

— Oui. Sans doute ils se sont mis d'accord avant. Elle lui a demandé la permission en se confessant, par exemple. Montaigne ne le dit pas. Mais peu importe.

La première scène est très forte. Tout le village est là. Imaginez ça. La femme s'avance et dit quelque chose comme : « Écoutez, vous me connaissez tous, je suis née ici, vous savez comment je m'appelle, vous savez aussi que je suis veuve depuis six ans et que je m'occupe toute seule de mon bien, comme je peux. Vous savez que j'ai élevé mes deux enfants du mieux que j'ai pu. Vous savez aussi que je suis une femme honnête, qu'on n'a rien à me reprocher. Je vais à tous les offices, je donne aux pauvres. Eh bien voilà, je tiens à vous dire une chose : je suis enceinte. »

— Elle dit ça ?

— Oui, dans l'église, devant tout le monde. J'arrange un peu le texte de Montaigne, mais en gros c'est ça. Et elle ajoute, car tout le monde se pose la question : « Je vais vous dire comment ça s'est passé. Le mois dernier, quand il faisait très chaud, je suis allée donner un coup de main aux faucheurs, dans le pré de l'Escalette, car ils étaient en retard à cause des orages. Je me suis fatiguée, j'ai bu du vin frais, je me suis allongée sous un arbre et endormie. À ce moment, un homme en a profité, sûrement, pour venir s'allonger près de moi et me prendre comme il a pu, par-derrière. Je n'ai rien senti, je vous le jure. Rien. J'étais tellement fatiguée. Un peu plus tard, j'ai été enceinte. Voilà, c'est tout. Je voudrais que celui qui m'a fait ça vienne me le dire, pour que je puisse donner un père à mon enfant. »

— Et alors ?

— La première scène se termine là. Montaigne n'en dit pas plus.

— On ne sait pas si quelqu'un s'est dénoncé ?

— Non. Mais j'ai imaginé tout un développement, vous verrez. C'est une femme riche, vous comprenez, une veuve, qui a du bien, une maison, des terres. Ils sont nombreux, peut-être, dans le village, ceux qui ne demanderaient pas mieux que de l'épouser.

— Dites-moi, Jean-Michel…

Il a posé une main sur mon bras.

— Oui ?

— Répondez-moi sincèrement. Ça vous est déjà arrivé de baiser une femme sans qu'elle s'en aperçoive ?

— Non. Non, je ne pense pas.

— Et à votre femme ? Ça lui est arrivé ? Même après avoir bu un litre de vin ? Soyez franc.

— Je ne sais pas. Je peux le lui demander mais non, je ne crois pas.

— Je vais vous dire, Jean-Michel : à moi non plus, rien de pareil ne m'est arrivé. Jamais. Ni à aucun de mes amis. Quand une femme endormie se fait baiser sans réagir, excusez-moi, c'est qu'elle ne dort jamais que d'un œil.

— C'est peut-être une hypothèse.

— Pour votre histoire ?

— Oui, éventuellement.

— Mais si elle se fait baiser en toute connaissance de cause, elle n'ira pas le raconter devant tout le village à la messe du dimanche ! Vous pouvez me faire confiance là-dessus. Même si je ne suis pas vraiment catholique.

— Pourtant Montaigne…

— Laissez Montaigne de côté. Qu'il raconte ce qu'il veut. Si ça se trouve, c'est lui qui avait fait le coup.

J'essaie de discuter encore, de sauver cette histoire qui me plaît tant – la première scène en tout cas – et qui plaît aussi à ma femme. J'avais imaginé toute une suite, des rebondissements, un coupable malheureux, pauvre, qui n'osait pas se dénoncer (mais nous le voyons dans le fond de l'église, au début, et nous devinons que c'est lui), un faux coupable qui se dénonçait, lui, mais que la femme confondait habilement, et après diverses péripéties une fin heureuse, quand même. Avec le vrai père.

Rien. Le producteur ne me laisse rien dire, ou presque. Je sens qu'il a décroché, qu'il ne m'écoute plus. L'obstacle est trop fort pour lui et il se peut qu'il ait raison. Ses pensées, de toute façon, sont ailleurs. Il mange rapidement son foie de veau et entre deux bouchées il me demande (oublié Montaigne) :

— Dites-moi : vous avez une société ?

— Non.

— Pourquoi ?

— Comme ça.

— Mais tout le monde en a une ! Vous devriez absolument créer votre société ! Sinon, comment voulez-vous gagner de l'argent ? Si vous n'avez pas de société, le fisc vous prend tout !

— Jusqu'à maintenant, vous savez…

— Et si nous devons faire des affaires ensemble, Jean-Michel, vous devez avoir une société. Sinon, ce n'est pas possible. Je peux vous arranger ça, si vous voulez. Mon avocat s'en occupera. Vous me direz combien vous voulez mettre dans le capital, c'est tout.

— Dans le capital ?

— Bien sûr.

— Mais je ne peux rien mettre dans le capital !

— Pourquoi ?

— Parce que je n'ai rien ! Il ne me reste rien ! Où voulez-vous que je trouve de l'argent ?

— Je peux vous en prêter.

— Comment ?

— Je peux vous prêter un peu d'argent, cinquante mille dollars par exemple. À faible intérêt. Si ça peut vous rendre service… Je vous signe un papier, vous avez cinquante mille dollars chez moi. À la première affaire que nous faisons ensemble, vous les investissez, et si l'affaire est bonne, si vous m'avez trouvé une belle histoire, à nous le pactole ! Vous me remboursez et on continue !

Je suis incapable de dire pourquoi, mais je sens quelque chose de trouble là-dedans. C'est allé trop vite pour moi. Un mécanisme secret m'échappe. Je sens que je ne dois pas m'engager sans réflexion, sans demander l'avis de quelqu'un. Paroles rapides, glissantes. Prudence, surtout, prudence.

Je réponds le plus évasivement possible :

— Oui, vous avez peut-être raison, j'y penserai… Je vous remercie en tout cas, très sincèrement.

— Mais c'est normal, Jean-Michel. Vous savez bien que je vous aime beaucoup.

Et tout à coup, je ne sais pas pourquoi, je lui dis, me croyant futé :

— Par exemple, je pourrais mettre dans le capital les quinze mille euros que vous me devez ?

— Je vous dois quinze mille euros ?

— Oui, le dernier versement sur le scénario, plus le travail sur le film polonais.

— Vous leur avez téléphoné, à propos ?

— À qui ?

— Aux Polonais.

— Non. Pourquoi ?

— Mais si vous ne leur téléphonez pas, si vous ne les bombardez pas de fax et d'e-mails, ils ne vont jamais vous payer ! Vous devez commencer à les connaître tout de même !

— Oui, je commence, je commence. (J'attends quelques secondes et je reprends :) Bon, d'accord, nous restons sur les dix mille euros du scénario, d'accord ? Moins les abattements. Disons huit mille et des poussières, autour de neuf mille. Est-ce que je peux considérer que je les ai, qu'ils sont à moi ? Est-ce que je pourrais les investir dans cette société ? Dans un film ?

Je vois ses sourcils qui se froncent. Il cesse, pour un instant, de savourer son foie de veau, qui d'ailleurs s'achève, il réfléchit et il me dit :

— Oui, pourquoi pas ? Oui, ça devrait être possible. Il faut que j'en parle à mon avocat.

Je viens d'apercevoir une façon indirecte de récupérer mon argent. Bien sûr, je n'en distingue pas immédiatement les perversités, les périls. Mon innocence, toujours, domine et écrase ma ruse. Je creuse moi-même mon fossé.

Le producteur, qui en a fini avec son plat principal, s'essuie les lèvres et me demande alors :

— Vous savez quoi, Jean-Michel ?

— Dites-moi.

— Vous pouvez même faire mieux que ça. Et ne croyez pas que je plaisante.

— Qu'est-ce que je peux faire ?

— Vous pouvez gagner beaucoup d'argent, si vous m'écoutez.

— En faisant quoi ?

— Imaginez que nous montions une affaire ensemble. Vous apportez le scénario, un scénario original évidemment, libre de droits, et moi je m'occupe du début du financement, des démarches, des voyages, des contacts. D'accord ?

— D'accord.

— Au départ, nous nous mettons d'accord sur un chiffre, pour évaluer votre scénario. Nous disons : il vaut tant. Par exemple cent mille euros.

— Oui.

— Ça vous conviendrait, cent mille euros ?

— Oui. Il faut voir. (À vrai dire, je n'en espérais pas tant.)

— Et vous dites : voilà, quoi qu'il arrive, j'ai cent mille euros dans le film. Vous me suivez ?

— Je vous suis.

— Moi, de mon côté, j'engage des dépenses préliminaires pour un montant, disons, de deux cent mille euros. D'accord ?

— Oui.

— Peut-être un peu plus, peut-être un peu moins. C'est juste un ordre de grandeur.

— Quelles dépenses ?

— Les voyages, les déjeuners, les contacts, les frais de bureau, les avocats, les options, vous ne pouvez pas imaginer comme ça va vite.

— Si, si, j'imagine.

— Au moment où le montage du film se décide, quand les coproducteurs interviennent, les distributeurs, Canal Plus, ou Orange, les acheteurs étrangers, tout ça – et là-dessus vous pouvez me faire confiance –, vous possédez un tiers de notre part du film, et moi deux tiers. Correct ?

— Correct.

— Nous sommes, dans notre part production, un tiers, deux tiers.

— Oui, oui, je vois.

— Pour calculer ce que sera notre pourcentage dans le film terminé, il ne nous reste plus qu'à savoir à combien s'élèvera le budget. Et ça, c'est quelque chose qui vous regarde.

— Comment ça ?

— Comment ça ? Vous me demandez comment ça ? Mais en écrivant une histoire formidable et qui ne nous coûte pas la peau du dos ! C'est votre boulot, ça ! Je ne vais pas vous l'apprendre, tout de même ! C'est le scénariste qui décide du budget d'un film ! Évidemment ! C'est lui qui écrit : « Quatre mille cavaliers s'élancent au galop vers la forteresse… » Hein ? Que croyez-vous que voit le producteur quand il lit ça ? Vous croyez qu'il voit quatre mille cavaliers ? Pas du tout ! D'abord il n'en voit que deux mille, s'il est généreux. Et encore. Disons plutôt quatre cents, quatre cent cinquante. Ensuite, il voit la facture pour la location des chevaux, pour les costumes, les armes, pour les salaires des figurants, qui doivent être de bons cavaliers, en plus ! C'est ça qu'il voit, le producteur ! Parce que c'est son métier, de voir ça !

— Avec les effets numériques, aujourd'hui…

— Parce que vous croyez que c'est donné, les effets numériques ? Vous croyez qu'on vous en fait cadeau ? Mais un cheval numérique coûte presque aussi cher qu'un vrai cheval, surtout si vous tournez au Kazakhstan ! Là-bas, c'est donné, les chevaux ! Ah, vous en avez encore, des choses à apprendre, mon petit Jean-Michel ! Tenez, dans votre histoire de bonne femme qui se fait baiser dans un pré, et qui prétend n'avoir rien senti…

— Oui ?

— Vous avez commencé par me parler d'une première scène dans une église, avec tout un village qui assiste à la messe, au Moyen Âge…

— Au XVIe siècle…

— Sous Louis XIV, si vous voulez. Et moi, tous les habitants du village, c'est-à-dire au moins cinq cents personnes, disons trois cents, il faut que je leur trouve des costumes d'époque ! Ou que je les fasse fabriquer ! Et des perruques ! Et des sabots ! Et des coiffes pour les bonnes femmes ! Et une église, hein ? Une église qui ne soit pas barbouillée par saint Sulpice, ou avec des vitraux à la con d'un peintre abstrait, vous croyez que ça se trouve facilement ? Et que ça coûte peanuts ? Pas du tout ! Une église, c'est encore un lieu sacré, beaucoup d'évêques interdisent qu'on y tourne, ou alors à des prix ! Si vous saviez ce qu'ils demandent, les évêques ! Tout ça parce que le clergé est dans la dèche ! Je ne vous dis pas ! C'est à croire qu'ils comptent sur nous pour les entretenir, leurs églises ! Vous voyez, Jean-Michel ? Je vous parle expérience et bon sens. Bien souvent on ne réfléchit pas à ce qu'on écrit.

— Je n'ai encore rien écrit, c'est juste que…

— Écoutez, Jean-Michel, je vais vous donner un conseil. Pour le premier scénario que vous allez écrire et produire, ne vous lancez pas dans une folie, surtout ! Modérez-vous, soyez raisonnable ! Sinon vous le regretterez. Vous serez obligé, comme producteur, de vous refuser des choses à vous-même ! Que Dieu préserve ! Vous finirez frustré et amer ! Et peut-être même ruiné ! Et je sais de quoi je vous parle ! À votre santé !

Il boit un verre de vin, d'un trait.

Je bois le mien, plus lentement.

*

Ma femme est blanche de colère.

— Mais tu te rends compte ? Tu te rends compte ?

— De quoi ? Pourquoi tu cries ?

Elle m'a écouté en silence pendant que je racontais notre déjeuner, maintenant elle explose. Elle se tord véritablement les mains, elle se frappe les cuisses (c'est quelqu'un d'assez imprévisible, nerveusement).

— Mais tu es idiot ou quoi ? Mais tu te rends compte ?

— Compte de quoi ?

— Mais il ne t'a pas proposé de te verser un euro ! Pas un seul euro ! Il a complètement noyé le poisson ! Une fois de plus ! Non seulement il va soi-disant investir l'argent qu'il te doit, au lieu de te payer, mais en plus il va te faire travailler pour rien ! Tout un scénario pour rien ! Il t'a mené par le bout du nez comme un môme ! Et toi, tu es tellement content de te dire « producteur associé » que tu ferais n'importe quoi ! Tu lui donnerais chemise et caleçon !

— Attends, on n'a pas encore discuté les modalités, on a juste…

— Tu n'as rien signé, au moins ?

— Non, pas cette fois.

— Tu veux que j'aille discuter à ta place ?

— Mais écoute, c'est juste un début, une idée comme ça, je n'ai dit ni oui, ni non, je l'ai écouté, c'est tout, c'est quand même un homme qui a de l'expérience et qui..

— De l'expérience ! De l'expérience ! (Elle dit le même mot une fois vite, une autre fois très lentement.) Tu vas te laisser embobiner par un homme qui relève tout juste d'une faillite ! Tu vas t'associer avec lui !

— Pas forcément d'une faillite.

— Et comment tu appelles ça ? Cessation de paiement, viré de sa banque, obligé de déménager, sauvé au dernier moment par un vieux copain de bamboula… Mais qu'est-ce que tu racontes ? Où tu as les yeux ?

Je remarque au passage, mais sans le lui faire remarquer, que je suis très surpris de son emploi du mot « bamboula ». Je ne l'attendais pas dans sa bouche. Pour moi, c'est un mot des années 1930. Où l'a-t-elle pêché ?

Je m'interroge une fois de plus sur la résurgence inattendue de mots que nous pensions égarés, oubliés, comme « glauque », « bouffon », « galère ». La bamboula ferait-elle partie de la bande ? Et ma femme aurait-elle – mais où ? – ressaisi ce mot avant moi ?

— Retourne le voir dès demain, tu m'entends ? Dès demain ! Et dis-lui qu'il n'est pas question que tu investisses ton argent, ce qu'il te doit, ce qui est à toi, sous une forme fictive, dans un film qu'il va produire ! Qui sait quelle entourloupe il va encore nous inventer ! Et si tu ne vas pas le lui dire, j'irai, moi !

— Je croyais qu'il te plaisait, tu disais qu'il avait du charme, que par moments…

— Oui, et alors ? Du charme, oui, il en a. Et il s'en sert. Et je ne suis pas la seule à y être sensible, apparemment.

— Mais tu sautais de joie ! Tu disais que c'était une occasion formidable, un vrai coup de chance !

— Oui, mais pas comme ça ! Surtout pas comme ça ! Tu n'as pas compris ? Son vieil instinct de pirate s'est réveillé, c'est plus fort que lui. Il voit quelqu'un, il ne pense qu'à une chose : combien il peut me rapporter, celui-là ? Qu'est-ce que je peux tirer de lui ? Il a combien dans son portefeuille ? La preuve : il n'a pas même écouté l'histoire que tu lui as racontée. S'il l'avait écoutée, il l'aurait aimée.

— Il avait l'oreille ailleurs, c'est vrai.

— Parce qu'il ne pensait qu'à une chose, une seule. Il se disait, j'entends sa cervelle d'ici, il se disait : j'ai commis une erreur en lui racontant cette histoire du chèque d'un million de dollars. Je n'aurais jamais dû lui en parler, jamais. Quel imbécile je suis ! Maintenant, il aura une bonne raison de me réclamer son argent. Il sait que j'en ai. Qu'est-ce que je vais bien pouvoir inventer ? Comment m'en tirer ? Et toi tu lui tends la perche, pauvre idiot ! C'est toi qui lui proposes qu'au lieu de te payer, de te payer ce qu'il te doit, il te donne des parts dans un film imaginaire, un film qu'il ne fera jamais ! Autrement dit dans zéro ! Dans zéro de chez zéro ! Tu penses s'il a dit oui ! Je le vois d'ici ! Tu venais de résoudre ses problèmes ! Et comment, qu'il n'a pas aimé ton histoire ! Parce que si par malheur il produisait un film écrit par toi, il serait obligé de la reconnaître, sa dette ! Et de le mentionner quelque part, cet argent ! Tu es râpé, maintenant, tu es cuit ! Quoi que tu lui racontes, il te dira non ! Ce n'est même plus la peine que tu ailles le voir !

J'abrège. Je me fais engueuler pendant une heure et demie. Les mots qu'elle prononce vont au-delà de ce qu'elle pense, je la connais, elle éclate ainsi de temps à autre. Quand elle est bien lancée, elle est capable de se maintenir au même niveau pendant vingt minutes. En se répétant, bien sûr. Avec des variantes, des nuances, des respirations. Ensuite elle m'assure qu'elle se sent soulagée, détendue. Un jour, elle m'a avoué : « Tu es le seul avec qui je peux vraiment être moi-même. »

Je la connais. Quelquefois même elle s'endort. Mais pas aujourd'hui. Elle s'assied sur une chaise et pose ses deux coudes sur la table.

Plus un mot. Boude-t-elle ?

En tout cas, je n'insiste pas. J'ai la réponse molle et, à vrai dire, peu convaincue. J'essaie, tandis qu'elle me tance, de me rappeler ce que j'ai promis au producteur, dans quelles tractations je me suis engagé. Mais j'ai oublié les détails.

Je n'ai rien signé, ça c'est sûr.

Étrangement, cela me rassure. Nous sommes-nous serré la main ? Pas même.

Je voudrais demander à ma femme d'où elle tient le mot « bamboula », mais j'y renonce. Ce n'est sans doute pas le moment.

Pour nous endormir, nous partageons un somnifère.

16

Le lendemain est un dimanche. Journée sombre, peu bavarde. Lectures de surface. Je vais me promener aux Tuileries avec notre fille. Ma femme reste à la maison. Elle attend sa mère. Pour lui soutirer un peu d'argent, je pense, une fois de plus. Sa mère s'en doute, d'ailleurs. Peut-être ne viendra-t-elle pas.

Le lundi matin, dès dix heures, je suis au bureau. Je me sens très remonté. Intérieurement, je me flagelle. Cette fois, me dis-je tout le long du chemin, il faut en finir. En finir une fois pour toutes. Je suis reçu par la stagiaire, qui me paraît avoir encore grossi, malgré mes recommandations, mais je ne suis pas venu pour parler de ça. Elle me dit à peine bonjour, comme si elle ne savait pas qui je suis. Trouble.

Le producteur n'est pas là, ni Jacqueline, ni Hervé, ni M. André. Je décide d'attendre aussi longtemps qu'il le faudra. Toute ma vie, si nécessaire.

— Vous veniez à quel sujet ? me demande la stagiaire.

Sa voix m'éclaire. Ce n'est pas la même stagiaire. Pas étonnant qu'elle ait grossi. Je la regarde d'un peu plus près. Qu'est-ce qui pousse les jeunes gens, me demandé-je, et particulièrement les jeunes filles, jadis si minces, à se laisser grossir de la sorte ? Une question qui me tourmente (entre autres). De lourdes épaisseurs de graisse tombent de tous côtés, gênant la marche. Toute une vie pesante, lente. Pourquoi ? Est-ce une contagion, une mode secrète, un goût moderne du malheur ? Ces gens-là forment-ils une secte, qui se recrute au poids ? Sont-ils mystérieusement ensorcelés ? Organisent-ils des compétitions ? Quelle séduction peut-on trouver à l'obésité ? Ou, à l'inverse, à l'anorexie ?

J'en suis là de mes réflexions – comme on dit dans les romans policiers, les seuls romans où les personnages réfléchissent – quand la porte d'entrée s'ouvre. Apparaît d'abord Greta, suivie de Jacqueline, aux prises avec la laisse.

Elle me voit, elle me dit :

— Ah ! Vous êtes là ?

Je juge inutile de répondre. Oui, je suis là.

— Et qu'est-ce que vous voulez ? me dit-elle encore.

— Vous le savez très bien.

— Mais non.

— Je veux voir le patron.

— Le patron ? Mais il n'est pas là ! Enfin, voyons, il est à Londres !

— Qu'est-ce qu'il fait à Londres ?

— Vous n'êtes pas au courant ?

Voilà encore une fois la question qui tue, qui me tue, la question que je déteste par-dessus tout : « Mais vous n'êtes pas au courant ? » Non, je ne suis pas au courant, je ne suis jamais au courant ! Au courant de quoi, d'ailleurs ?

— Mais il est à l'enterrement de Sam !

— Sam est mort ?

— Vous ne le saviez pas ?

— Mais non.

— Il est mort subitement, samedi après-midi. Le cœur a lâché. Il avait plus de quatre-vingt-cinq ans, remarquez, et avec tout ce qu'il avait ingurgité... On l'enterre aujourd'hui. Ils en ont parlé à la radio. À la télévision aussi, paraît-il, un peu. Et lui, naturellement (avec un geste vers le bureau), il a sauté dans l'Eurostar. Vous le connaissez.

— Il revient quand ?

— Ah, ça dépend.

— Ça dépend de quoi ?

Elle paraît hésiter un petit moment, elle enlève ses gants noirs qu'elle range dans son sac, puis elle se dégage de la laisse de Greta, me fait un signe et me dit à voix basse :

— Venez...

Elle me précède sur ses hauts talons dans le bureau présidentiel, tout nouvellement installé (les mêmes affiches que dans l'ancien), elle referme la porte et elle me dit, en allumant une cigarette, mais sans s'asseoir :

— À vous, je peux bien vous le dire. Vous êtes un peu de la maison, depuis le temps. Cette histoire du chèque, ce n'est pas net.

— L'histoire de quel chèque ?

— Celui d'un million de dollars.

— Ah bon ?

— Ses fils ont fait opposition.

— Les fils de qui ?

— Les fils de Sam. Ils sont deux, tous les deux avocats d'affaires, une paire de requins mangeurs d'hommes, je ne vous dis que ça. Et ils exigent le remboursement. De la totalité. Tout de suite.

— Le remboursement ?

— Ils disent que leur père était sénile, qu'il s'est laissé extorquer ce chèque, que tout ça, c'est un sac d'embrouilles et qu'ils peuvent le prouver. Ce qui fait qu'ils sont tous sur la tombe de Sam en train d'y aller de leur larmette, mais ils tiennent la main crispée sur leur couteau. À la sortie du cimetière, ça va barder.

— Mais les fils de Sam, ils ont une chance ?

— Ne me demandez pas ça à moi, ces choses-là me dépassent. Mais j'ai eu le patron au téléphone il y a une heure, il n'avait pas l'air frais.

— Il va se défendre, quand même ?

— Je ne sais pas. Quelquefois, je me le demande… Il est tellement sentimental, vous savez… Et par moments d'une faiblesse ! Il est capable, comme il s'agit des fils de son ami, de tout leur rendre.

— Mais alors, qu'est-ce qu'il deviendra ?

— Pas la moindre idée. (Un doigt sur les lèvres :) Quand vous le reverrez, ne lui dites pas que je vous ai mis au courant. Il me crierait après.

— Je vous promets.

— Et je n'aime pas quand il crie.

— Bien.

— Si ça se trouve, il me tuerait.

— Vous préféreriez ?

La question m'a échappé, mais Jacqueline ne l'a pas entendue. Ou pas comprise. Elle poursuit :

— Vous savez, Jean-Michel, je pense souvent à vous, et je me mets à votre place. Ça ne doit pas être facile tous les jours.

— Non.

— Vous devez vous en poser, des questions ! Un garçon gentil comme vous, sérieux, qui travaille bien, qui n'élève jamais la voix… Ce n'est pas juste, au fond, ce qui vous arrive.

— C'est un peu vrai, Jacqueline (peut-être, au fond, mais je n'aime pas qu'on dise de moi que je suis « sérieux », ça me limite).

— Vous êtes mal tombé, on peut le dire comme ça. En plus, juste au moment où vous alliez entrer dans la société !

— Justement, à ce sujet, je voulais vous dire que je ne…

Mais il n'est pas question qu'elle me laisse m'exprimer. Je découvre qu'elle est au courant de toutes les combines et manœuvres, lesquelles m'avaient paru improvisées, deux jours plus tôt, à La Petite Joconde. Que je vais écrire un sujet original, que j'investirai mes futurs émoluments dans la société, que je deviendrai partenaire à part entière, que même mon chèque, mon fameux chèque, sera finalement pris en compte dans ces calculs.

— Non, non, je dis, ça non. Justement. Pas cet argent-là.

— Et pourquoi ? me demande Jacqueline, noyée dans la fumée (les interdictions officielles ne sont pas pour elle, ce n'est pas Jacqueline qui irait fumer debout dans la rue, pathétique).

— Mais parce que j'en ai besoin, Jacqueline ! J'en ai besoin pour vivre ! Ma femme a piqué une crise, vous ne pouvez pas savoir ! Elle ne me parle plus depuis samedi !

— Vous voulez que je l'appelle et que je lui explique ?

— Jacqueline, je vais être très franc avec vous : si je ne suis pas payé, je vais abandonner définitivement le métier. J'y serai obligé.

— À ce point-là ?

— Oui. À ce point-là. Je suis au bord de la rupture. Je n'ai plus un rond.

— Et vous ferez quoi ?

— Je rentrerai dans l'enseignement. Je crois que c'est encore possible, avec mes diplômes..

— Pour enseigner quoi ?

— La littérature française. Ou bien l'histoire. Je crois que je peux postuler pour les deux.

— Ah, vous avez de la chance. C'est un si beau métier, l'enseignement (elle ferme à demi les yeux). La littérature, la poésie… L'histoire, j'adore. Moi, si j'avais pu, croyez-moi, je n'aurais pas passé ma vie dans un bureau à raconter des bobards au téléphone. Pour me retrouver toute seule le soir avec ma chienne… Mais les choses ne vont jamais comme on le souhaite.

— Je suis de votre avis.

Nous restons un instant silencieux, l'un et l'autre dans notre cercle d'ombre. Je vois s'évanouir une à une mes espérances. Un bruit d'eau dans un tuyau, quelque part. Jacqueline allume une deuxième cigarette.

Quelqu'un frappe à la porte et entre sans attendre. Hervé. Il tient une feuille de papier à la main et demande à Jacqueline :

— C'est quoi, ça, Jacqueline ? Vous avez une idée ?

Elle prend le papier, ajuste ses lunettes et dit :

— Ça vient de Pologne.

— Oui, mais ça dit quoi ?

— Attendez voir…

Elle examine attentivement le papier, puis elle s'écrie en me regardant :

— Mais c'est votre virement !

— Quoi ?

— Votre virement ! Les cinq mille euros ! Ça, par exemple ! Ils les ont envoyés, finalement !

« Attends l'inattendu, dit un vieux proverbe chinois, tu ne seras jamais surpris. »

Mon virement. Mon argent. Est-ce que j'appelle ma femme tout de suite ?

Hervé nous explique :

— Je sais. Oui, oui, ça y est, je comprends. C'est dû au fait qu'ils ont vendu le film en Russie. D'après un copain que j'ai là-bas, et qui bosse dans une commission européenne, ils ont ajouté deux ou trois scènes du genre porno, qui n'avaient rien à voir avec l'histoire, des scènes qu'ils ont tournées comme ça, à la va-vite, dans une ferme, avec des actrices du hard en costumes d'époque qui font des pipes sur un fond de Chopin, et maintenant ils le vendent partout. Ils ont mis comme slogan : « Plongée dans la chaude Pologne », ou quelque chose comme ça.

— Mais alors, me dit Jacqueline en souriant, vous êtes sauvé ! Vous restez avec nous, Jean-Michel ! Vous êtes perdu pour l'enseignement !

— Il y a juste un lézard, dit Hervé.

— Oui, quoi ?

— Regardez bien. Ils ont fait le virement à l'ancien compte, celui qui a été fermé. Et l'argent est reparti en Pologne.

— Ah, merde, dit simplement Jacqueline.

— Remarquez, reprend Hervé, c'est un moindre mal.

— Et pourquoi ?

— La banque aurait pu le garder pour combler le trou que nous avons laissé (trois secondes de réflexion générale). C'est vrai que ce n'est pas grand-chose, cinq mille euros. C'est pour ça, peut-être. Ça ne les a pas intéressés.

— Ou alors ils n'y ont vu que du feu, à la banque, dit Jacqueline.

— Possible aussi.

— Avec tout le fourbi qu'ils nous ont mis depuis l'année dernière, ceux-là. Vous savez ce que j'en pense, des banquiers ?

— Non, lui dit Hervé, mais je m'en doute.

Je laisse passer une dizaine de secondes silencieuses avant de dire :

— Et si on appelait les Polonais pour leur demander de renvoyer cet argent sur le nouveau compte ?

— Oui, c'est envisageable, dit Hervé, assez pensif. À condition qu'ils l'aient encore.

— Le numéro du compte ?

— Mais non. L'argent.

*

Un espoir, donc. Hervé envoie un e-mail à Varsovie avec les coordonnées du nouveau compte, celui qui vient d'être ouvert grâce au chèque à présent contesté par les fils de Sam. Ces cinq mille euros ont tout du miracle. Presque trop beau.

Et si les fils de Sam, les requins, ont déjà fait bloquer le nouveau compte ?

Ça pense à tout, un requin.

Je m'égare comme à l'ordinaire, sans aucun fil, dans un labyrinthe financier qui se ramifie d'heure en heure. Je ne sais rien de la vie secrète de l'argent, je marche les yeux bandés à côté d'un profond mystère. Par moments, mon naturel optimiste et confiant se laisse convaincre : tout ira bien. Comme si l'argent, apparemment indifférent, en réalité veillait sur moi comme un bon parrain, bien vivant. Une autre voix, cependant, me chuchote, à d'autres moments, avec insistance, que ce n'est pas parce que les cinq mille euros arriveront – à supposer que – sur le compte de la société que j'en bénéficierai aussitôt. Peut-être cet argent a-t-il déjà servi, avant même d'être arrivé.

Salvador Dali affirmait que, depuis qu'André Breton l'avait baptisé *Avida dollars* (son anagramme), une pluie d'or n'avait cessé de s'abattre sur lui, sans qu'il pût en connaître la raison véritable. Pour moi, c'est exactement le contraire : l'argent me fuit avec obstination, et je ne saurai jamais pourquoi.

Si l'argent polonais arrive, qui sait quels prétextes seront inventés pour me faire poireauter encore ? Pour tergiverser, pour ne pas me payer ? Pour me soustraire ces cinq mille euros ? Pour les étouffer ? Pour me demander de les investir ?

Je demande à Hervé si cet argent ne pourrait pas être envoyé directement sur *mon* compte.

— Ah, non, me dit Hervé, ça, ce n'est pas possible.

— Pourquoi ?

— À cause des contrats.

— Et ça prendra combien de jours avant que l'argent revienne ?

— Aucune idée, monsieur Dumas. Avec les Polonais, vous savez…

Non, je ne sais pas, je ne sais rien de particulier au sujet des Polonais. Je constate simplement que, dans toute cette affaire, ils ont été les seuls à envoyer un peu d'argent. Je devrais peut-être aller m'installer en Pologne.

Le producteur téléphone de Londres à ce moment-là. Jacqueline lui répond. Tout a l'air calme. Oui, monsieur, bien, monsieur. J'entends parler de fleurs à envoyer à quelqu'un et d'une suite à réserver à l'hôtel Raphaël, avenue Kléber. Jacqueline prend note. Pour combien de nuits ? On ne sait pas encore. Au moins deux ou trois. Avec ce que coûte une nuit dans une suite de l'hôtel Raphaël, je vivrais au moins deux semaines.

Pour qui cette suite ? Ce n'est pas dit.

— Il rentre demain matin, me dit Jacqueline en raccrochant. Vous pourriez passer au bureau un peu plus tard ? Il voudrait vous voir.

— À quel sujet ?

— Il ne me l'a pas dit. Vous pourrez ?

— À quelle heure ?

— Je vous appellerai. Vous viendrez ?

Je ne réponds ni oui, ni non. Je verrai, dis-je. Je m'assure que l'e-mail pour Varsovie est bien parti.

Et je rentre, par le métro.

*

Je trouve ma femme en train de travailler à sa traduction, visage clos. Je lui explique hâtivement les données nouvelles, les cinq mille euros, Varsovie, tout ça. Une bonne chose, il me semble. Un petit point d'eau dans le désert.

— Tu es sûr que ce n'était pas bidon ? me demande-t-elle en levant les yeux.

— Comment ça, bidon ?

— Que le fax était un vrai fax ? Qu'ils ne l'ont pas tripatouillé ? Après tout, ils t'ont bien envoyé la photocopie d'un chèque, tu te rappelles ?

— Non, non, c'était un vrai fax. Qui venait bien de Varsovie.

— Pas une photocopie ?

— Mais tous les fax sont des photocopies !

— Et pourquoi ils ont envoyé un fax au lieu d'un e-mail ? Plus personne n'envoie de fax !

— Mais si. La preuve.

— Et qu'est-ce que tu fais maintenant ?

— Qu'est-ce que tu veux que je fasse ? J'irai au bureau demain matin. Je verrai bien.

— Combien de fois es-tu allé au bureau, ces derniers mois ? Tu peux me le dire ?

— Je n'ai pas compté.

— Tout ce que tu as dépensé, en métro et en téléphone, tu pourrais le lui facturer.

— Quand même pas.

— Et si tu prenais un avocat, une bonne fois ? Tu ne crois pas que ça en vaudrait la peine ?

— Et comment je le paierais ?

Elle n'a pas de réponse. Elle revient à son travail. Je n'existe plus. Je vais regarder la fin d'un match de football, entre la Russie et l'Espagne.

C'est cher, les avocats.

Je suis privé de sexe depuis deux semaines.

17

Jacqueline m'a appelé, pour me demander de venir. Afin de ne pas paraître trop pressé, je n'arrive que vers onze heures.

— Il vous attend, me dit Jacqueline.

J'entre dans le bureau et je trouve un producteur plutôt souriant, aimable, bien coiffé. Je dirais même détendu. Il est avec un homme en costume noir, sans cravate, quelques cheveux gris hérissés sur la tête, le teint blême, vraiment blême, le regard aigu et rapide. Il me le présente :

— Voici Philip. Je lui ai beaucoup parlé de vous. *Philip, this is Jean-Michel.*

— *Oh, nice to meet you.*

Poignée de main. Nous sommes tous les deux contents de nous connaître.

— Philip est le fils aîné de Sam, me dit alors le producteur.

Je cache avec habileté ma surprise, je dis que je suis enchanté, et je regarde discrètement le mangeur d'hommes. Plutôt sec, les joues creuses, rien d'un playboy même attardé, chaussettes noires, pas de bague.

Qu'est-ce qui se passe ? Me fiant aux dires de Jacqueline, je les pensais à couteaux tirés. Et voici que le requin a déjà traversé la Manche. Vers quel festin ? L'un des deux aurait-il déjà mangé l'autre ?

— Philip ne parle pas français, mais vous vous débrouillez bien en anglais ? me demande le patron, toujours très affable.

— Je comprends plus ou moins, dis-je.

Mon anglais est scolaire, très limité. Je comprends un mot sur trois et je comble les vides. Je voudrais faire remarquer, en particulier, que les termes désignant l'argent, les modalités boursières et bancaires m'échappent en totalité. Mais en français aussi. Alors, je me tais.

Je ne sais même pas dire : « mes condoléances ». Je dis que la mort d'un père est triste. Voilà.

— *He is a nice guy*, dit le patron en me désignant, en me prenant même par l'épaule, qu'il tapote.

Le requin me sourit en coin, brièvement. Le producteur, enfin, m'explique :

— J'ai parlé à Philip de nos projets, des nouveaux développements de la société. Il nous faut évoluer, tout le monde est d'accord là-dessus. On ne peut pas continuer à enfiler des films les uns après les autres comme des saucisses. (Il désigne d'un geste bref les affiches qui déshonorent ses murs.) Cette époque-là est bien terminée. Nous devons faire des films qui marquent. C'est très évident. Quand on fait un film qui marque, en général il trouve son public. Et Philip, éventuellement, nous rejoindrait (il dit « nous » comme si je faisais partie du consortium, comme si j'étais son associé). Naturellement, il faut discuter, nous n'en sommes qu'aux préliminaires...

Pendant qu'il s'adresse au requin en anglais, lui répétant sans doute ce qu'il vient de me dire (moins les affiches), je me pose quelques questions : le nommé Philip aurait-il trouvé cet angle d'attaque pour récupérer le million de dollars ? Un requin qui s'introduit tranquillement dans le parc à huîtres ? Préférerait-il la ruse à la lutte ouverte ?

— Et justement, reprend le producteur en revenant à moi, j'ai raconté à Philip votre idée de la femme violée, et qui cherche à savoir par qui…

Je lève une main pour l'interrompre :

— Non, non, il ne s'agit pas d'un viol, vous vous trompez, la femme était fatiguée, elle avait bu du vin, elle dormait…

— Jean-Michel, enfin, voyons… (Un de ces sourires qu'on appelle indulgents.) Nous en avons déjà parlé, vous n'allez pas me faire croire qu'elle ne s'est rendu compte de rien ? Elle a été bel et bien violée ! (Il se tourne vers Philip et lui demande :) *She was raped, wasn't she ?*

— *Of course*, répond le requin.

— Elle a été violée et elle cherche un père pour son enfant. Et elle a été violée plusieurs fois ! Ça, je peux vous l'assurer !

— Et pourquoi ?

— Mais vous connaissez la règle, tout de même !

— Quelle règle ? dis-je.

— Au cinéma, en Amérique en tout cas, il n'y a que deux possibilités. Écoutez-moi bien. Ou bien un homme et une femme sont mariés, ils vivent ensemble depuis des années et ils n'ont pas d'enfant, tout simplement parce qu'un enfant n'ajouterait rien à l'histoire, parce que le scénariste n'en a rien à foutre, ou bien, vous me suivez ?, ou bien ils couchent ensemble une fois et la femme est enceinte.

— *Correct*, dit Philip, qui semble avoir compris.

— Et il faut tout de même sortir de ces vieux clichés ! s'écrie le patron en levant les bras. Nous n'en sommes plus là ! Nous devons voir la vie en face ! Telle qu'elle est ! Votre bonne femme a été baisée plusieurs fois ! Pas de doute ! Votre Montaigne a raconté ce qu'il a voulu, ça le regarde ! Et si elle a été baisée plusieurs fois, elle le connaît, le violeur !

— *Which mountain ?* demande à ce moment-là le requin.

Je mets trois secondes à comprendre. Il a entendu « Montaigne » et compris « *mountain* ». Il se demande donc, à juste titre, ce qu'une montagne vient faire là-dedans, de quelle montagne il s'agit. J'essaie de clarifier les choses, de dire quelques mots d'un grand auteur français d'autrefois, mais c'est compliqué, mon anglais boitille, je m'embrouille, d'autant plus que le producteur n'arrête pas de parler :

— Et si elle a été baisée plusieurs fois, excusez-moi, elle l'a été par plusieurs hommes ! Vous comprenez ? Forcément ! Et si elle demande qu'un d'entre eux se décide, c'est qu'elle veut savoir lequel de tous ces hommes l'aime vraiment ! Voilà ! Lequel accepte de l'épouser malgré toutes ses aventures ! Tout est là ! De l'épouser en sachant qu'elle a été violée par d'autres que lui ! Et que peut-être il n'est pas le père biologique de l'enfant ! C'est ça qui est beau dans votre histoire ! Très beau, même ! C'est ça qui plaît beaucoup à Philip ! C'est ça qui est actuel, qui est moderne ! (Il s'adresse de nouveau au requin.) *Very modern, isn't ?*

Le requin approuve de la tête. Il suit attentivement, même s'il ne comprend pas tout. Requin moderne.

Le producteur reprend :

— Jean-Michel, je sens que vous allez nous écrire quelque chose de magnifique. Naturellement, il faut que ça se passe de nos jours. Pourquoi nous irions nous emmerder au Moyen Âge ? Hein ? Ce sera beaucoup plus fort aujourd'hui. Beaucoup plus fort.

— Mais aujourd'hui, l'église…

— Mais l'église, on l'enlève ! Forcément ! Qui va encore à l'église de nos jours ? Personne ! Les églises sont vides, aujourd'hui, on ne sait plus qu'en faire, les jeunes se demanderaient : mais qu'est-ce que c'est que ce décor à la noix ? C'est comme la campagne : on n'y va plus qu'en vacances. Il faut que vous placiez votre histoire ailleurs, peut-être dans une banlieue, c'est à vous de voir. Avec des jeunes loups qui tournent autour d'elle, chaque fois qu'elle sort. Et elle avec sa solitude, avec son besoin d'amour, hein ? Pour ça, je vous fais confiance.

— *Very nice story*, dit le requin en tapant des doigts sur la table, ce qui est une manière américaine d'applaudir.

Et le producteur s'écrie, enthousiaste :

— C'est un rôle pour Nicole Kidman ! *It's a part for Nicole Kidman ! She'd be wonderful in it !* (et s'adressant à moi :) Peut-être nous pourrions tourner en Australie ? *Why not ? A good story goes for all countries !* Elle serait formidable ! *What do you think, Philip ?*

— *Nicole is too old*, dit le mangeur d'hommes.

Il secoue la tête, il persiste, et comme il la trouve décidément trop vieille – le patron est assez vite de son avis, pourquoi pas Julia Roberts à ce moment-là ? –, ils se mettent à balancer d'autres noms, Angelina Jolie, qui est à moitié française, Natalie Portman, et d'autres encore. Scarlett Johansson leur plairait bien, elle est un peu forte, super sexy, peut-être un peu trop jeune fille.

Keira Knightley ? Non, non, trop maigre, trop pâlichonne. Il ne faut pas tomber dans le journal de mode.

Je n'en reviens pas. Les voilà qui discutent de mon histoire, de laquelle je ne sais rien, ou presque rien, comme si elle existait déjà, comme s'ils avaient lu le script, ils font le casting comme si nous allions tourner dans quelques semaines, comme s'ils connaissaient intimement toutes ces stars.

Et quand je dis « mon histoire », qu'en reste-t-il ? D'une femme honnête et travailleuse, qui a connu un moment de faiblesse (je veux bien admettre qu'elle était à moitié consciente au moment de l'acte, et même consentante, ça je veux bien, à la rigueur), ils ont fait une espèce de pute qui couche avec tous les hommes d'un village, ou d'une banlieue, et qui cependant se fait violer.

Comment concilier ça et ça ?

Comment trouver un personnage là-dedans ?

— Et pour l'homme ? demande le patron. *Do you see anybody ?*

— *The man is less important*, dit le requin.

— *You're right.*

Et, en effet, il a raison. Aucun doute là-dessus. Je n'ai pas encore écrit la première ligne d'unc histoire qui est déjà écrabouillée, démantibulée, défigurée, de toute façon je n'ai aucune idée du personnage masculin principal. En conséquence, l'acteur qui interprétera un rôle qui n'existe pas n'a pas, ils ont raison, ils ont absolument raison, n'a pas la plus mince importance.

Et puis d'ailleurs, je m'en fous. Je serre deux mains et je m'en vais vite.

*

Lorsque je traverse le hall pour sortir, Jacqueline m'appelle :

— Ah ! Jean-Michel, venez ! J'ai besoin de vous !

Je m'accroche, le cœur se mettant à battre comme chaque fois (serait-ce enfin une bonne nouvelle ?), et Jacqueline me dit :

— Il me faut un extrait de naissance.

— Quand ça ?

— Le plus tôt possible.

— Et pour quoi faire ?

— Mais pour constituer la société ! Vous n'imaginez pas la montagne de paperasses qu'ils demandent ! (Elle fouille dans un tiroir.)

— Quelle société ?

— La nouvelle ! Celle dans laquelle vous entrez ! Voyons, votre adresse, je l'ai. Vous n'avez pas déménagé depuis l'année dernière ?

— Non.

— Apportez-moi aussi une copie de votre contrat de mariage. Et une facture récente d'électricité. Une photocopie de votre carte d'identité, ou de votre passeport. De votre carte Vitale aussi, sans oublier l'attestation. Je crois que c'est à peu près tout.

Je dis au revoir et je m'en vais. Elle me rappelle :

— Ah ! Jean-Michel !

— Oui ?

— Pour cette nouvelle société : le patron voudrait que vous lui trouviez un nom. Vous y pensez ?

*

— Mais ils sont en train de te voler ton histoire ! s'écrie ma femme. Si ça se trouve, ils l'ont déjà vendue ! Ils ont déjà touché de l'argent là-dessus !

— C'est possible. Plus rien ne m'étonne.

— Et tu vas te laisser faire ?

— Tu as une idée ?

— Une idée pour quoi ?

— Comment je pourrais riposter ? Tu as une idée, toi ? Qu'est-ce que tu ferais à ma place ?

— Mais d'abord j'exigerais un contrat ! Un contrat disant qu'ils t'achètent ton idée ! Avec un premier versement !

— Un contrat portant sur quoi ?

— Mais sur ton idée !

— Tu crois qu'on peut appeler ça une idée ?

C'est en effet une question que je me pose. Et que je ne suis pas le seul à me poser. Est-ce que cette idée est suffisante ? Est-ce qu'il y a là de quoi bâtir une histoire forte et belle, qui tiendra le coup pendant cent minutes ? Comment savoir ? Je n'en suis qu'aux premiers frémissements, qu'à quelques lignes de Montaigne et à quelques notes pour la suite. Une vague sensation. Trois ou quatre pages en tout.

Est-ce que Shakespeare s'est posé la question avant d'écrire *Roméo et Juliette* ? Bon, se dit-il, j'ai deux adolescents qui s'aiment comme des oiseaux fous, mais leurs familles se haïssent. D'accord. Je sais bien que c'est assez artificiel – se dit Shakespeare, qui est quelqu'un de lucide – mais après tout c'est une assez bonne situation de départ. Au moins j'ai un conflit, j'ai une situation. Je peux voir tout de suite un enchaînement de deux ou trois scènes, des engueulades, quelques belles tirades, un balcon à l'aube.

Oui, mais la suite ? Le développement, la fin ? Est-ce que j'ai de quoi ?

Il répond oui, il se met au travail, l'idée du duel avec Mercutio lui vient le soir même, on connaît la suite.

Est-ce que j'ai un conflit ? Je me le demande. La première scène est bonne, j'en suis sûr, elle est excellente. Déjà écrite, pour ainsi dire. En insistant et en discutant je pourrai sans doute la maintenir dans une église. Il arrive que des producteurs se rendent à des sentiments intelligents. Une femme qui prend la parole dans une église, pas mal quand même, dans un monde étroit, renfermé. Et pour dire ce qu'elle dit. Je parviendrai peut-être même à garder l'histoire à l'époque, car c'est important : il faut que cette femme soit sûre que tout le village est présent. Et elle ne voit pas de meilleure occasion que la messe. Elle ne va pas battre le tambour un jour de semaine.

Ou alors à l'occasion d'une fête ? La fête du village, par exemple ? Avec un orchestre et un bal ? Ah, peut-être. Je n'y avais pas pensé. Un bal, ou plutôt une kermesse, des violoneux, du vin partout. Elle monterait sur l'estrade, saisirait le micro, demanderait la parole et ferait son annonce ?

Comme ça ? Devant tout le monde ? Devant les enfants ? Peut-être après tout. Qu'en dirait Shakespeare ?

Un feu d'artifice à la fin ?

18

— Vous savez quoi ? me dit le producteur le lendemain. Je l'aime, votre idée de fête. Il faut toujours une fête dans un film. Mais je vous fais une suggestion. Oubliez votre satané village, c'est fini, ça, les villages, on n'en voit plus qu'à la télévision. Écoutez-moi.

— Oui.

Il reste un instant rêveur (il est seul, le requin fils de Sam a retraversé le Channel). Je me tais, j'écoute.

— Ça existe, un ministre de la Banlieue ?

— Non, dis-je, je ne crois pas, pas sous ce titre-là en tout cas. Un ministre de la Ville, peut-être, ou du Logement, des Affaires sociales peut-être. Je ne sais pas. Mais de la Banlieue, ça m'étonnerait. Qui prendrait le risque ?

— Bon. Un ministre. N'importe lequel. Il a annoncé sa visite pour ce jour-là. Il y a là tout un comité de réception. Une petite foule, des journalistes, de la musique. Avec même des opposants, pourquoi pas ? Ils mettraient de l'animation avec leurs pancartes et leurs porte-voix. Il arrive, escorte et tout, il monte sur l'estrade, il s'apprête à faire son discours…

— Et elle intervient à ce moment-là ?

— Oui ! Exactement ! Elle prend le micro et elle dit ce qu'elle a à dire ! Qu'elle a été violée, quand et comment, comme ceci et comme cela, et qu'elle cherche…

— Violée où ?

— Mais je ne sais pas ! C'est à vous de nous le dire ! Je ne vais pas écrire votre scénario, tout de même ! Qui sait même si elle a été violée ? Hein ? Elle prétend l'avoir été, si ça se trouve !

— Finalement l'idée du viol me plaît assez, dis-je. En rentrant chez elle, un soir d'automne, elle est suivie par une bande de voyous…

— Oui, ils la menacent, ils l'entourent, ils ont des couteaux…

— Ils ont quelque chose à lui reprocher, peut-être ?

— Oui, Jean-Michel ! Très bonne idée ! Ça, c'est social, et c'est très, très actuel ! Les voyous la connaissent, voilà, ils la trouvent trop dure, trop catho, je ne sais pas, inventez une raison. Trop réac. En tout cas, ils ont la haine, ça c'est sûr.

— Et les gardes du corps ?

— Quoi, les gardes du corps ? Elle n'a pas de gardes du corps pour rentrer chez elle, tout de même !

— Elle, non. Mais les ministres, si, toujours. Les ministres ont toujours des gardes du corps. Ils ne la laisseront jamais passer !

— Quand elle monte à la tribune ?

— Bien sûr !

— C'est à vous de trouver un truc ! Écoutez, c'est une femme belle, jeune… Elles ont leurs entrées partout, ces femmes-là ! Et vous savez quoi ?

— Non.

Là encore il reste rêveur un moment. Il fait malheureusement partie de ces producteurs qui ont des idées. Plus d'idées que d'argent, peut-être.

— Et si le ministre tombait raide pour elle ?

— Là ? Tout de suite ?

— Ça, c'est à vous de voir, c'est votre boulot.

— Devant tout le monde ?

— Non. Pas tout de suite, peut-être. Mais il est touché par ce qu'elle raconte, il est intéressé, il n'a jamais connu une femme aussi gonflée, ils pourraient se revoir et…

Il fait des gestes dans le vide avec sa main. Je me laisse prendre au jeu et je propose tout à coup :

— J'ai une idée.

— Dites.

— Et si cette femme était quelqu'un d'important ? Dans l'histoire originale, elle était riche. C'est pour ça que des hommes voulaient essayer de se faire passer pour le père. Pour l'épouser.

— Une femme importante ? (Il est soudain songeur.)

— Oui, ce qui lui permettrait de monter sur l'estrade, à côté du ministre !

Il est traversé d'un éclair :

— Et si elle était le maire ? Ou comment on dit : la mairesse ?

— Oui, la mairesse.

— Qu'est-ce que vous en dites ? Hein ?

Tandis que je réfléchis, on frappe à la porte.

— Oui, entrez !

C'est Hervé. Il apporte plusieurs papiers qu'il dépose sur le bureau et dit au producteur, avec un petit geste de tête dans ma direction :

— Comme M. Dumas était là, je me suis dit…

— Qu'est-ce que c'est, ça ?

— C'est un chèque pour M. Dumas.

— Quel chèque ?

Mon cœur a tressailli, bondi même, mais mon inquiétude aussitôt s'aiguise.

— Le règlement polonais, dit Hervé.

— Ah, oui.

— Ils ont renvoyé l'argent ce matin sur le nouveau compte.

— Ah, bon ?

— Je vous le laisse ? Vous le signez et vous le donnez directement à M. Dumas ? demande Hervé.

— Oui, oui. Je m'en occupe.

Hervé me fait un signe amical de la main et ressort en fermant la porte.

Un moment de silence intense. Le producteur tient le chèque entre deux doigts et le regarde. Il donne l'impression d'avoir cessé de respirer. Ce chèque qui est établi à mon nom, ce chèque qu'il doit signer et me donner. Il paraît troublé, presque fasciné, comme par un objet venu d'un autre monde. Un chèque entre ses doigts. De l'argent possible, là, soudain. De l'argent qui vient d'entrer dans la pièce. Cela paraît lui être une énigme. Cinq mille euros, moins les commissions et les retenues. Quel épais mystère. Comment ce papier a-t-il pu arriver là ? Entre ses doigts ? Et serait-il possible qu'il s'en échappe ?

Il me demande alors, en levant un œil pour me regarder :

— On dit une mairesse, vous êtes sûr ?

— On le disait en tout cas. Mais on peut dire aussi madame le maire. Ou la maire. Je ne sais pas. Je me renseignerai.

— Vous êtes sûr que la mairesse, ce n'est pas la femme du maire ?

— Non, je n'en suis pas sûr. Mais ça n'a aucune importance. S'il vous plaît, si vous pouviez…

Je fais un petit geste de la main vers le chèque. Mais il le repose sur la table, avec d'autres papiers. Comme s'il l'avait oublié. Comme un petit morceau de papier sans importance qui traînerait là, parmi d'autres.

Et il me dit :

— Je savais que vous l'aimeriez, mon idée. Maintenant, Jean-Michel, nous avons tous les éléments qu'il nous faut… Oui, oui… Une histoire d'amour entre un ministre et une mairesse… qui, question politique, ne sont pas forcément du même bord… et cette femme est enceinte, oui… et l'homme qui l'a mise enceinte, le voyou, il voudrait peut-être bien l'épouser, lui aussi… Hein ?… Pour les raisons que vous avez dites… Seulement voilà : comment faire ?

En fait, je le connais, il fait mine de réfléchir, il met des mots les uns après les autres, il parle, mais il ne dit rien. Toute sa pensée est ailleurs, je le sens, je le sais. Elle est tout entière dans ce chèque qu'il tient à la main, dans ce bout de papier inexplicable. Et il se demande, en ce moment même, là, sous mes yeux : comment faire pour que cet argent tombe dans ma poche ?

Et je suis comme lui, je dois l'avouer, je ne pense qu'à une chose : à mon chèque.

Il respire et me demande :

— Vous savez ce que nous allons faire ?

— Non.

— Nous allons réfléchir jusqu'à demain. Il ne faut jamais trop s'emballer sur une idée. Rentrez tranquillement chez vous, n'en parlez à personne, sauf à votre femme si vous voulez, ce serait intéressant, d'ailleurs, d'avoir là-dessus l'avis d'une femme, pensez à tout ça et rappelez-moi dans l'après-midi, d'accord ?

Il se lève comme pour aller à un rendez-vous. Je me lève aussi, plus mollement, et je dis en tendant la main vers le chèque (que ma voix ne tremble pas, pas maintenant) :

— Vous me le signez, s'il vous plaît ?

— Quoi donc ?

— Mon chèque.

— Ah, oui…

Voici venu l'instant décisif. Le geste sacré. L'eucharistie. Il regarde de nouveau le mystérieux papier posé sur son bureau, deux ou trois rides marquent son front, son regard est vague, il caresse ses cheveux, il cherche une excuse, quelque dérobade, qu'il lui est absolument impossible de trouver, je ne vois pas comment, cette fois, il pourrait encore s'en sortir.

Il me demande quand même :

— Vous avez un stylo ?

J'ai un stylo, je le lui tends. Alors ?

Il me demande encore, sans saisir le stylo, comme un boxeur dans les cordes qui regarde l'arbitre :

— C'est de l'argent que je vous dois ?

— Non. C'est pour mon travail sur le film polonais. Vous m'avez dit vous-même que les Polonais devaient me régler. Ce qu'ils ont fait.

— Les Polonais ont payé.

Il a dit ces quelques mots comme la constatation d'une étrangeté. Les Polonais ont payé. Étonnant. Il y a donc des gens qui paient.

Il saisit mon stylo en disant encore :

— Ils ont payé.

Difficile à croire, apparemment. Saugrenu, même.

— Mais, ajoute-t-il aussitôt, ce n'est pas de l'argent que je vous dois ?

— Non. Pas directement.

— Vous en êtes sûr ?

— Et certain.

— Alors, si ce n'est pas moi qui vous le dois, pourquoi est-ce que c'est moi qui dois vous le signer, ce chèque ?

— Parce que, conformément aux contrats, l'argent est arrivé sur le compte de la société. Et que c'est vous qui avez la signature.

— Vous y comprenez quelque chose, vous ?

J'avoue que la question me laisse coi et que je ne sais comment y répondre. Cet homme me surprend sans cesse, et me déconcerte. Je décèle en lui des possibilités inépuisables de deuxième, de troisième souffle. Des ressources de ruse profonde qu'il ignore peut-être lui-même.

Je réponds quand même (mais sans me lancer dans les rajouts porno qui ont été faits à Varsovie, je n'ai pas le temps) :

— Oui, je crois que je comprends.

— Vous avez de la chance.

— Disons-le comme ça.

Encore quelques secondes d'hésitation, mon stylo dans la main, l'œil sur le chèque.

Et il dit, presque grave :

— Oui, mon cher Jean-Michel, oui. Pourquoi je dois vous donner de l'argent que je ne vous dois pas : si vous comprenez ça, vous avez vraiment de la chance. Moi, je crois que je suis trop vieux. Je vais vous dire : depuis quelque temps, je sens que je suis largué. Je lâche la rampe. Si, si. Pendant longtemps j'ai essayé de m'accrocher, je croyais encore avoir quelques lueurs, mais maintenant c'est terminé. Il est temps que je passe la main. Je ne vous dois pas cet argent et je vous le paie. Très bien. Et n'essayez surtout pas de m'expliquer. (Il se tape du plat de la main sur la tête, dérangeant ses cheveux.) Ça ne rentre plus.

Il se penche, signe brusquement le chèque et me le tend.

— Tenez.

*

Je rentre à la maison. Ma femme et moi, nous nous réjouissons enfin. Nous nous disons : c'est toujours ça. Les Polonais vont nous permettre de tenir encore un moment. Qui aurait cru ça des Polonais ? Je colle un instant le chèque sur mon front et je crie : « Vive la Pologne ! » Cela fait rire notre fille. Nous buvons un verre de vin blanc.

Je suis réveillé à sept heures un quart du matin. C'est lui. Sa voix est tordue par l'angoisse.

— Jean-Michel, je ne vous réveille pas, au moins ?

— Si, mais ça ne fait rien.

— Vous avez déposé le chèque à la banque ?

— Non, bien sûr. La banque n'est pas encore ouverte.

— Ah, tant mieux, tant mieux… (Il halète, j'ai l'impression que je le vois suer.)

Je lui demande :

— Mais qu'est-ce qui se passe ?

— Vous n'avez pas vu ce qui est arrivé à Lehman Brothers ?

— À qui ?

— À Lehman Brothers ! Vous n'êtes pas au courant ? Mais le monde entier ne parle que de ça !

— C'est qui, les frères Lehman ?

Ma femme vient d'ouvrir les yeux, à côté de moi, et me regarde avec la première inquiétude du jour. Plus qu'une inquiétude : une alarme.

— Vous ne connaissez pas Lehman Brothers ?

— Non, c'est qui ?

— Mais c'est une banque d'affaires ! Une banque américaine ! Une des plus anciennes, des plus sérieuses !

— Et alors ?

— Mais ils sont en faillite ! Ouvrez votre radio, votre télévision et regardez ! La banque ferme ! Les employés sortent dans la rue et ils emportent les dossiers ! C'est la panique à Wall Street ! Vous vous rendez compte ?

— Mais ça vient d'où, cette faillite ?

— Mais des *subprimes*, évidemment ! Ce que je disais depuis au moins deux ans ! Et personne n'a voulu me croire ! Eh bien, voilà ! Nous y sommes !

J'ai vaguement entendu parler des *subprimes*, mais qu'on ne me demande pas de dire exactement ce que c'est.

Il continue, toujours haletant, prophétique, en transe :

— Et ce n'est pas tout ! C'est loin d'être tout ! Oh ! là, là ! Si vous saviez ! Il paraît qu'en Belgique, ça craque déjà. Vous vous rendez compte ? En Belgique ! C'est un tsunami qui nous arrive ! Ça va tout emporter, je vous le dis !

— Mais pourquoi vous me parlez de mon chèque ?

— Parce que vous ne devez sous aucun prétexte le déposer !

— Et pourquoi ? Votre banque n'est pas en faillite !

— Qu'est-ce que vous en savez, Jean-Michel ? Hein ? Qu'est-ce que vous en savez ?

— Mais hier encore…

— Hier, c'était hier ! Je vous dis que le cataclysme est là ! Qu'il va nous tomber dessus, aujourd'hui ou demain ! C'est fatal ! Et ça peut être encore pire qu'une faillite !

— Mais quel rapport avec mon chèque ?

— Quel rapport ? Vous me demandez : quel rapport ?

— Oui, quel rapport ?

— Mais ne soyez pas naïf, Jean-Michel ! Toutes les banques sont reliées les unes aux autres ! Vous savez ça, tout de même ? Elles se prêtent, elles s'empruntent, elles se garantissent, ont des fonds communs d'investissement, tout ça se tient ! C'est comme une toile d'araignée, qui recouvre la terre entière ! Vous mettez le feu ici ou là, et tout s'enflamme ! Et en plus elles jouent avec le décalage horaire ! Ça, tout de même, je ne vous l'apprends pas !

— Mais qu'est-ce que je risque à déposer ce chèque ? Qu'il ne soit pas approvisionné ?

— Ah ! S'il n'y avait que ça ! Vous savez ce que vous risquez ? Vous voulez que je vous le dise ? Vous risquez de finir en taule, tout simplement !

— En taule ?

— En taule, oui, mon cher ! Pour faux et usage de faux ! En taule !

— Mais ce chèque n'est pas un faux ! C'est vous qui l'avez signé !

— Justement ! Ils peuvent nous accuser d'être de mèche ! Mais oui ! Vous ne les connaissez pas ! Et ils sont capables de nous arrêter, vous et moi, pour tentative de grivèlerie ! Pour complicité frauduleuse ! Pour délit d'initiés, même ! Dans des circonstances comme celle-là, les inspecteurs peuvent devenir maniaques ! Ça touche à la paranoïa ! Vous n'imaginez pas : ils vont jusqu'à fouiller dans les ordinateurs des enfants ! Et dans les poubelles !

— Mon chèque ne me serait pas payé ?

Il s'énerve :

— Mais vous comprenez ce que je vous dis, oui ou non ? Nous sommes tout d'un coup dans une crise énorme ! Énorme ! Du jamais-vu, nulle part, faites-moi confiance ! Écoutez-moi au moins ! C'est pour ça que je vous appelle de bonne heure ! Pour vous prévenir ! Pour que vous vous mettiez à l'abri ! Pour vous éviter une erreur terrible ! Qu'au moins vous vous teniez à l'écart de tout ça !

— C'est à ce point-là ?

— Mais je vous le dis : c'est énorme ! Toute la mafia des cols blancs, vous allez voir, ils vont tous passer à la trappe ! Tous ! Ah, les bonus, les cadeaux, je le lui disais justement à mon banquier, allez, hop ! les stock-options, vous allez voir, tout ça à la trappe ! Et les parachutes en or massif, en chute libre ! En torche, oui ! À moins de les endosser avant de sauter par la fenêtre !

— Il y en a qui sautent ?

— Ça va venir, vous allez voir. Comme en 1929. Des vols entiers de banquiers dans les airs ! Il faut dire que ça faisait un bon bout de temps qu'ils se régalaient, tous ces beaux messieurs ! Et tout ça avec notre travail ! Avec notre sueur, avec nos angoisses ! Avec notre argent ! Vous savez combien il y a d'argent dans les banques ?

— C'est-à-dire ? (Je suis perdu, je ne sais pas vraiment de quoi il me parle.)

— De l'argent, du vrai argent, de l'argent liquide, que vous pouvez aller retirer, mettre dans votre poche et dépenser, vous savez combien elles en ont, les banques ? Combien elles peuvent vous en donner ?

— Non.

— Essayez d'aller vider votre compte, vous verrez ! Allez voir votre banquier et dites-lui : je voudrais liquider mon compte. Vous allez voir ce qu'il vous répondra.

Je sais ce qu'il me dira. Il me répondra : c'est entendu, monsieur Dumas. Tout de suite. Comme vous n'avez rien sur votre compte, il sera très vite soldé. Vous n'avez qu'à signer ici et à chercher une autre banque. Ravi de vous avoir connu.

C'est à peu près ce qu'il me dirait, mais je n'en parle pas au producteur. Je garde mes réflexions et mes amertumes pour moi. Règle inflexible, là comme ailleurs : il ne faut jamais avoir l'air pauvre.

Il prétend, si je me souviens bien, que les banques ne pourraient répondre, en cas de demande massive, qu'à 3 ou 4 % des retraits. Cela me paraît totalement invraisemblable, mais il insiste. 3 à 4 %, pas plus. Le reste, me dit-il dans son énervement, qui tourne à la rage, c'est du papier, du virtuel, du vent, du pognon fantôme. On échange du papier contre du papier. Même pas : maintenant, avec l'informatique, on n'a même plus besoin de papier. On n'a plus besoin de rien. L'argent, c'est devenu rien. Des mots, des promesses, des clicks, du vent d'hiver. Vous voulez de l'argent ? Autrefois, sur les marchés, quand on achetait un bœuf, on tâtait bien la bête, on se serrait la main, affaire conclue. Une liasse passait d'une poche à l'autre. Ça, oui. Maintenant, vous voulez un bœuf ? Ah, non, monsieur, je ne les vends que par centaines ! Je vous en mets deux cents ? Allez, mais il faut me prendre une demi-douzaine de brebis. D'accord ? Cliquez ici ! Encore ? Mais pourquoi pas ? Cliquez, cliquez ! Vous n'avez vu ni les bœufs, ni l'argent. Et encore moins les brebis. Et tout ça, c'est la faute à qui ? Au crédit, naturellement ! Ça veut dire quoi, hein, le crédit ? Qui pourrait désormais nous l'expliquer ? Que vous pouvez acheter de l'argent sans argent, voilà ce que ça veut dire aujourd'hui ! Et des brebis sans brebis ! Crédit de qui, de quoi ? Où ça commence ? C'est de la fumée, de la brume. Et où ça se termine, à supposer qu'il y ait un point final quelque part, une barrière de sécurité, une limite ? Un garde-fou ?

Hein ? Qui pourrait le dire ?

— En tout cas, Jean-Michel, je vous le demande, n'allez pas porter ce chèque à votre banque ! Et ça, dans votre intérêt. Vous m'en remercierez un jour.

J'essaie de lui dire quelque chose, je ne sais plus quoi, je tente peut-être de lui rappeler tout le bien qu'il me disait du crédit il y a peu de temps – ce crédit tout-puissant, irrésistible et bienveillant, illimité, maître du monde, parrain de nos gestes et de nos pensées –, mais on l'appelle sur une autre ligne. Et même sur deux lignes. Il m'annonce qu'il me rappelle dans trois minutes, puis il raccroche.

Je ne réveille pas ma femme : elle est déjà prête à partir à l'école, avec notre fille, qu'elle accompagne presque chaque jour, mais je lui dis en quelques mots ce qui se passe dans le monde, ce que je crois avoir compris.

Nous cherchons des nouvelles à la radio. En effet, on ne parle que de ça. Les frères Lehman, jusque-là inconnus (au moins de nous), les voici vedettes mondiales. La banque Lehman Brothers vient de déposer son bilan.

Des employés traversent les rues de New York en emportant des dossiers, des tiroirs, des meubles et même une lampe de bureau. Qu'est-ce que ça veut dire ? Des banquiers qui pillent des banques ? Leurs propres banques ? Bonnie et Clyde étaient donc des banquiers ?

Wall Street qui sonne le tocsin : est-ce la panique annonciatrice ? Est-ce le début de la fin dernière, que nous attendions depuis vingt siècles ? L'ange exterminateur a-t-il décidé de s'abattre d'abord sur les frères Lehman, dans leur bonne banque de New York, ville qui, comme chacun sait, est la nouvelle Babylone ? Et pourquoi là précisément ? Tout le monde se le demande. Les alarmes vont tellement vite.

Et qu'est-ce que je fais de mon chèque ?

— Il t'a dit de ne pas l'encaisser ?

— Oui. Car ça pourrait être dangereux.

— Dangereux d'encaisser un chèque ?

— C'est ce qu'il disait. Je fais quoi ?

— Il t'a dit pourquoi c'était dangereux ?

— Non. Il n'a pas pu. On l'appelait de la terre entière. Apparemment, c'est la cata.

Elle ne peut pas prendre le temps de réfléchir, sinon elle sera en retard à l'école. Nous décidons d'attendre, au moins jusqu'à l'après-midi.

Pendant une bonne partie de la matinée, j'écoute la radio, je regarde la télévision, sautant de chaîne en chaîne. Partout la crise, la crise. D'autres banques fameuses seraient menacées. Un suicide, déjà. Le spectre de 1929 qui rôde dans les souvenirs, en plus sinistre encore (selon certains prophètes cravatés). La Belgique en alerte, mais oui. Des analystes qui ont déjà leur analyse toute prête, comme si elle attendait dans un pli de leur portefeuille, dans une poche spécialement aménagée. Mille curateurs et prédicateurs jaillissent des placards, pour expliquer ce qu'ils n'ont pas prévu. Et ils ne sont pas tous d'accord, loin de là. Pour certains, le capitalisme a vécu. *Requiem aeter-*

nam. Du jour au lendemain ? Mort subite ? Mais oui, messieurs dames. Eh bien, ça alors ! Qui l'eût cru ? Pour d'autres, juste une correction au passage. De petites secousses sans importance véritable qui vont se calmer dans l'après-midi. Surtout, éviter le mot « séisme », qui épouvante.

Évidemment, disent les pontifes, quelques régulations à introduire par-ci, par-là. Trois fois rien. Le mot *subprimes* court d'une gorge à l'autre. Il faudra tout de même que je me renseigne.

Un point sur lequel ils sont tous d'accord : les erreurs des autres, ce qu'il aurait fallu ne pas faire. Les responsables n'ont rien prévu, disent justement les responsables.

Et il est trop tard. L'ange a frappé, armé de sa longue épée de feu.

Le producteur me rappelle vers onze heures.

— Vous ne l'avez pas déposé, au moins ?

— Non, j'attends.

— Vous avez très bien agi. D'ailleurs j'ai fait opposition. Pour vous éviter toute bêtise.

Dois-je le remercier ? J'hésite.

— Venez me voir demain, non, pas demain, je ne suis pas là, après-demain matin vers 11 heures, ça vous irait ?

— Oui, ça m'irait.

— Je vous attends.

19

Le surlendemain, Jacqueline m'appelle pour me demander de remettre de deux ou trois jours notre rendez-vous. Le patron est suroccupé. « Un maximum de pression », me dit-elle. « Au top du stress. » Cette crise, n'est-ce pas. Et à quel moment ça tombe, en plus ! À quel moment ! Ne pas se faire d'illusions, selon Jacqueline : tout le monde va en souffrir. Même pour Greta, depuis quarante-huit heures, ça ne va pas fort. Pas fort du tout. « Je la sentais inquiète depuis une semaine », me dit sa maîtresse. Aucun doute : c'était bien ça. Cette chienne-là, elle a des antennes, elle sent les choses. Elle ne mange presque plus rien et elle geint. Ah, ces banquiers.

Je me hasarde à lui demander ce qu'il faut entendre par *subprimes*.

— Mais je n'en sais rien ! me dit-elle. Si vous croyez qu'à moi, on m'explique ces choses-là !

J'arrive un jeudi au bureau. Il est quatre heures de l'après-midi. J'entre, je vois Hervé et Jacqueline debout, la mine sombre, et même pensive. Silence inquiet partout Greta sommeille. L'air est pesant. Jacqueline met un doigt sur sa bouche en me regardant et me montre la porte du bureau du patron.

Je referme la porte principale sans bruit. Je m'approche. Je demande à voix basse les raisons de ce silence gris. Jacqueline me dit, en montrant le bureau :

— Il est là.

— Je peux entrer ?

Elle me regarde avec une sorte de stupeur, comme si je demandais je ne sais quoi, des nouvelles de mon chèque peut-être. Entrer ? Mais pour quoi faire ? Vous voulez entrer ? Je murmure que j'ai rendez-vous, que ce rendez-vous a été remis, que j'arrive à l'heure prévue. J'entends alors, passant entre les lèvres trop maquillées de Jacqueline, la phrase que je déteste le plus au monde :

— Mais vous ne savez pas ?

Non, je ne sais pas ! Non, je ne suis pas au courant ! Je ne suis jamais au courant ! Ici le monde va sans moi. Ici comme ailleurs. J'essaie de ne pas m'irriter.

Et Jacqueline me dit encore :

— Il est avec le SAMU.

— Avec le SAMU ?

— Mais oui ! Il a eu un malaise. Peut-être une attaque... On ne sait pas, on attend...

— Un docteur est là ?

— Mais oui ! Avec un infirmier.

— Dans le bureau ?

— Oui. N'y allez pas surtout ! Jean-Michel, non, je vous en prie, n'y allez pas !

Pour une fois je n'obéis pas à Jacqueline, je franchis les quelques mètres qui me séparent du bureau, comme si j'avais un soupçon (ce qui est d'ailleurs le cas), j'ouvre la porte et j'entre sans attendre.

Il est là, en effet, allongé sur son bureau, qu'on a dégagé. Sans cravate et sans chaussures, la tête posée sur un petit coussin. Un médecin et un infirmier s'occupent de lui. Ils lui prennent la tension, ils lui préparent une piqûre. Il a les yeux mi-clos, le teint très pâle, il respire vite, il ne me voit pas entrer.

Je reste dans un coin. Jacqueline, qui m'a suivi, passe un œil par la porte entrouverte. Le médecin et l'infirmier ne me disent rien. Sans doute me prennent-ils pour quelqu'un de la famille, qui vient d'accourir.

La piqûre – intraveineuse – est faite. Trois minutes plus tard, le tensiomètre est retiré. Routine. Le médecin et l'infirmier écrivent rapidement quelque chose sur deux ou trois feuilles de papier. L'infirmier m'en tend une en disant :

— Vous pouvez signer, s'il vous plaît ?

Non, je ne peux pas signer. Je dis que je ne suis qu'un ami de passage. Jacqueline s'avance et signe d'autorité en demandant à voix basse :

— Alors ?

— La tension est irrégulière, il a dû ressentir un choc. Elle est comment, d'habitude ?

— Plutôt trop haute, dit Jacqueline.

— Mais le cœur ne semble pas en mauvais état. Il faudrait faire des examens supplémentaires. Une analyse de sang complète. Peut-être une coronographie. Il a du diabète ?

— Non, pas que je sache, dit Jacqueline.

— Et des problèmes de prostate ?

— Ça, je n'en sais rien. Nous ne parlons pas de ces choses-là.

— Voyez avec son médecin le plus tôt possible. Je l'ai piqué à la… (ici un mot que je ne retiens pas), ça devrait le calmer. Qu'il rentre chez lui et qu'il se repose.

— Le repos et lui, vous savez…

Le médecin et l'infirmier rangent leur matériel et sortent du bureau. Jacqueline les accompagne pour les dernières formalités. Je les entends parler à côté.

Je reste avec lui.

Je m'approche de son corps et je le regarde. Cet homme qui me doit de l'argent, cet homme qui me fait cavaler après un chèque depuis près d'un an. Depuis onze mois exactement. Il est là, étendu devant moi, immobile. Je l'entends respirer. Un malaise, peut-être une attaque. Une tension qui sursaute. Un corps qui lâche prise.

Il bouge un peu, sa tête se tourne d'abord vers la gauche, puis vers la droite, c'est-à-dire vers moi. Ses paupières, sans se soulever vraiment, s'agitent, ses lèvres bougent et même je l'entends marmonner quelque chose.

Je me penche, j'entends, je crois entendre :

— Spielberg… Spielberg…

Spielberg ? Quoi, Spielberg ? Qui ? Le metteur en scène américain ? Steven Spielberg ? Je me baisse davantage, je tends l'oreille : oui, il dit encore ce nom. Sans doute s'agit-il d'un autre Spielberg.

Je murmure :

— C'est moi, Jean-Michel… Oui, Jean-Michel… Que dites-vous ?

Il ne me répond pas tout de suite, il fait un effort pour ouvrir ses yeux, pour tourner sa tête vers ma voix. Et il dit encore, à deux reprises :

— Spielberg… Spielberg…

Je lui demande :

— Que voulez-vous ? Dites-moi ! Qui est ce Spielberg ? C'est un ami ? Vous voulez que je l'appelle ?

— Jean-Michel…

Cette fois, c'est bien moi qu'il nomme. Il a entrouvert les yeux, il m'a reconnu. Il tend une main vers moi, je la prends dans l'une des miennes, je la serre, elle est un peu froide.

Il me regarde et je l'entends dire :

— Même Spielberg… Même Spielberg…

— Oui, eh bien ?

— Même lui… il s'est fait avoir…

Je n'y comprends rien, naturellement. Un cas de délire ? Dois-je prévenir Jacqueline ?

Je lui demande d'une voix douce :

— De quoi me parlez-vous ? Dites-moi… De quel Spielberg ?

— Mais de Spielberg, mon petit Jean-Michel, de Spielberg… Même lui, vous m'entendez ?… Vous m'entendez ?

— Oui, je vous entends.

— Même lui, il s'est fait avoir… Alors vous pensez… Même lui…

Je ne sais que faire, que dire. Les hommes du SAMU sont partis. Heureusement, Jacqueline revient.

D'un regard, je lui demande de m'éclaircir. Oui, oui, elle va tout me dire. Un instant. Elle s'approche du patron, elle arrange le coussin sous sa tête, elle lui parle doucement – comme elle parlerait à sa chienne. Surtout qu'il ne s'inquiète pas, tout va bien. Le médecin s'est montré rassurant, très rassurant même. Encore vingt minutes ou une demi-heure de repos, après quoi elle appellera un taxi et le patron pourra rentrer chez lui.

— J'ai préféré ne rien dire à votre femme… C'est à vous de voir…

— Oui, oui, merci…

— Et prévenez votre toubib. Qu'il passe vous voir tout de suite.

— Oui, oui...

Elle ressort et me fait signe de la suivre. Quand nous sommes seuls dans la grande pièce (Hervé n'est plus là), et que j'ai refermé la porte du bureau, je lui demande :

— Qu'est-ce que c'est que ce Spielberg ? Qu'est-ce que ça veut dire ?

— Oui, me dit-elle, il a raison, même Spielberg s'est fait rouler ! Un homme comme lui, vous vous rendez compte ? Oui, vous avez bien entendu, ne me faites pas ces yeux-là, Steven Spielberg, le metteur en scène ! Un des hommes les plus riches de Californie ! Et d'autres, beaucoup d'autres ! Il paraît que c'est un fourbi incroyable !

— Mais quel fourbi ? Quoi ?

— Mais l'affaire Madoff !

— L'affaire quoi ?

*

Je ne vais pas redire ici ce que tout le monde sait aujourd'hui, mais c'est ainsi que je l'ai appris. La plus belle, la plus vaste, la plus somptueuse escroquerie du siècle, ou même des deux derniers siècles, selon certains (mais le XXIe commence à peine, il nous reste encore de l'espoir). Et j'apprenais du même coup que notre producteur, le cher patron de Jacqueline, qui se plaignait sans cesse de pénurie chronique, qui menaçait de déposer son bilan et d'abandonner ce foutu métier, ce métier foutu, avait investi des fonds propres (pour quel montant, je ne l'ai jamais su) auprès du mirifique Bernard Madoff. Des fonds qu'apparemment il venait de perdre, comme les autres, d'un coup sec.

Je demande à Jacqueline :

— Vous étiez au courant ?

— Oui, mais vaguement.

— Qu'est-ce que c'est que ce truc ?

— C'est des escrocs, point. Des crapules. Moi, personnellement, je l'ai toujours pensé. Je le lui ai même dit, plusieurs fois. Mais c'était Sam qui l'avait mis là-dedans. Et ce que disait Sam, ça sortait de la bouche du Christ. Alors moi…

— Mais des escrocs comment ? C'était quoi, leur système ?

— La pompe à finances. Tout simple. Ils vous font miroiter des intérêts mirobolants, un pactole, ils vous paient ces intérêts avec l'argent des nouveaux adhérents, que vous avez vous-même racolés, et ainsi de suite, jusqu'à ce que ça pète.

— Et ça a pété ?

— Ce matin. Et quand ça pète, ça pète si fort, excusez-moi, que ça empeste la planète entière. Et du coup il ne reste rien pour personne, sauf ce que le grand escroc s'est mis dans la poche. Ou dans la poche de sa femme. Parce qu'il était malin, le Madoff. Vous savez comment il s'y prenait pour appâter les gros poissons ? Genre Spielberg ?

— Non.

— Il faisait le bon matou, bien honnête. Il disait : Écoutez, moi, je peux vous garantir du 8 %. Ça oui. Peut-être du 10 % certaines années, ou même du 12, cela peut arriver, mais pas plus. Si vous rencontrez des financiers qui vous promettent des 20 ou 25 %, méfiez-vous. Il y a quelque chose qui n'est pas clair.

— Mais 8 %, c'est déjà beaucoup !

— Je pense bien. Ça n'existe pas, 8 %. Nulle part. Mais voilà : des hommes comme Sam, et comme le patron, s'y sont laissé prendre. Vous vous rendez compte ? Le patron ! Roulé dans la farine comme un bleu ! Ah ! j'oublie de vous dire que pour entrer chez Madoff, en plus, il fallait montrer patte blanche. Avoir des parrains, des garanties, des certificats à n'en plus finir. Ça vous prenait l'allure d'un club de privilégiés. Très fermé, très strict. Ah, monsieur, ici nous n'acceptons pas n'importe qui ! C'était le bon truc. Très roublard. Ne se faisait pas entuber qui voulait.

— Et il va être inquiété, l'escroc ? C'est sûr ? Comment ça se passe ?

— Ah ! ne me demandez pas ça à moi. Comment ça se passe, je n'en sais rien, je suis comme vous, la justice, ça me dépasse. Mais voilà : vous bouffez, vous bouffez, et de temps en temps il y a une grosse arête qui vous reste au fond de la gorge. Et il faut tout rendre, excusez-moi. Même les ogres ont des indigestions. Ce qu'ils disent, à la radio, c'est qu'il y aura un procès dans pas longtemps. Il pourrait même tâter de la prison, le Bernie chéri.

— Et il remboursera ?

— Vous pensez ! Rembourser quoi ? Tout est croqué, pour commencer. Dilapidé, envolé. Pour le reste, si ça se trouve, tout est au nom de sa femme. Ou de quelques sociétés bidons. Tout ça bien caché sous les cocotiers, dans une île chaude et lointaine. Je vous explique : Vous prenez une île nue, avec trois cabanes en bambou, il n'y a même pas l'électricité, et là-dessus trois cents cinquante sociétés sont domiciliées. Hein ? Vous voyez la chose ? Que voulez-vous que je vous dise, mon pauvre Jean-Michel ? Vous savez bien comment ça marche.

J'ai envie de lui dire que non, que je ne sais pas comment ça marche, que je n'y ai jamais rien compris. Ce monde-là vit à côté du mien. Mitoyen et occulte. Cependant, cette fois, à ce qu'il semble, ce sont des riches qui se bouffent entre eux. Ou plutôt un requin qui a pris les autres requins comme cibles. Rare.

Je vais sans doute poser une autre question, quand nous entendons s'ouvrir lentement la porte du bureau. Nous nous taisons, nous regardons. Il apparaît sur le seuil, spectre de ce qu'il fut, pâle, la bouche ouverte, la tête basse et toujours en chaussettes.

Jacqueline se précipite vers lui.

— Vous n'auriez pas dû vous lever !

— Quoi ? (d'une voix très faible) Quoi ? Qu'est-ce qu'il a dit, le docteur ?

— Il a dit du repos. Et que vous devez en parler à votre médecin. Le plus tôt possible.

— Et mon cœur ? Comment il l'a trouvé ?

— Votre cœur, ça va.

— Bon.

Il s'avance de quelques pas, en s'appuyant au mur. Il traîne les pieds. Je lui apporte vite une chaise. Il s'assied, vieilli de dix ans, cassé par la honte. Il demande encore, regard au sol :

— Le cœur, il a dit que ça allait ?

— Oui, répond Jacqueline, mais il vous faut du repos. Il a insisté là-dessus.

— Même Spielberg, vous vous rendez compte…

— Spielberg doit être dans le même état que vous, aujourd'hui. Mais lui, au moins, je suis sûre qu'il se repose. Si ça se trouve, il est déjà en clinique. Avec ses avocats, son psychologue et tout.

— Dans quelle clinique ?

— Ça, il ne me l'a pas dit.

Il reste un instant silencieux, il hoche plusieurs fois la tête. De toute évidence, il n'en revient pas. Il s'est fait rouler, lui. Quel abaissement. Il lui faudra du temps pour l'admettre. Et que Spielberg soit dans la même charretée de bernés, au fond cela ne le console guère.

Si seulement Sam était encore vivant ! Mais Sam vient de mourir, il n'y a pas longtemps, il est mort sans savoir tout ça, mort dans l'illusion, dans la confiance. Il est mort en se croyant riche. Une belle mort, quand on y pense. Qui sait ce que vont faire ses deux fils, les mangeurs d'hommes ? Ont-ils trinqué, eux aussi ? Dans cette affaire, peut-on encore se défendre, attaquer ? Reste-t-il un espoir, un filet d'espoir ? Je le lui demande.

Il me répond d'un geste las, avec un vague :

— Ah, Jean-Michel…

Jacqueline lui apporte un verre d'eau. Il boit à peine. Tout en essuyant ses paupières avec une compresse humide (elle souffre des yeux depuis plusieurs mois et ça n'a pas l'air de s'arranger), elle lui rappelle qu'il doit téléphoner à sa femme, laquelle n'est au courant de rien. « Ne l'effrayez pas, surtout, allez-y doucement, parlez d'un tout petit malaise, ce qui est la réalité, dans le fond, ne lui… »

Il l'interrompt d'un geste et dit :

— Non, non, pas ma femme…

— Quoi, pas votre femme ?

— Il ne faut pas lui parler de ça… Non, non… Surtout pas… Pas maintenant…

— Ah, bon ? dit Jacqueline, en maintenant toujours un mouchoir sur ses yeux.

Je demande, innocent :

— Mais pourquoi ?

Il lève sur moi ses yeux qui hésitent sans cesse entre le bleu et le gris, un peu ternes aujourd'hui, un peu voilés, lointains, et il me demande :

— Jean-Michel, vous dites toujours tout à votre femme ?

On comprendrait à moins. Je regarde rapidement Jacqueline. Elle a saisi, elle aussi. Madame a été tenue à l'écart des placements faramineux. Pas question, par conséquent, d'en parler à la maison. Motus et bourse cousue. Il faudra cacher le désastre.

Il faudrait même cacher le malaise. Mais comment faire ? Inventer une autre mauvaise nouvelle ?

— Il vous faut quand même rentrer chez vous, lui dit Jacqueline avec douceur.

Il fait « non » d'un geste assez fatigué de la main.

— Non ? Vous ne voulez pas rentrer chez vous ?

— Non…

— Qu'est-ce que je fais, alors ? Je vous prends une chambre au Raphaël ?

Il ne répond pas. L'idée ne semble guère l'enchanter. Le Raphaël, pourtant…

Il demande à voix basse :

— Ça coûte combien, au Raphaël ?

— Vous le savez aussi bien que moi.

— Oui, mais à l'hôtel, je serai tout seul…

— Alors dites-moi où vous voulez aller !

— Je ne sais pas… Je…

Il s'arrête, il porte l'une de ses mains à sa tête comme s'il avait mal, courte grimace, puis il me regarde de nouveau et il me demande :

— Chez vous, Jean-Michel, vous avez combien de chambres ?

— Chez moi ? Mais… deux. Deux chambres. La nôtre et celle de la petite.

— C'est tout ?

— C'est tout.

— Et dans votre living… vous n'avez pas un canapé ?

Je réfléchis, j'hésite à répondre, je regarde Jacqueline qui lève les yeux au ciel (l'air de dire : c'est tout à fait lui, ça), et quelque sentiment de compassion chez moi l'emporte. J'oublie tout en un instant, tous ses mensonges, ses échappatoires, toutes ses manœuvres complexes, je ne vois que cet homme pitoyable sans chaussures et je lui dis que oui, j'ai un canapé, un canapé dépliable même, qui peut constituer un lit de secours.

Il me serre la main et me dit :

— Juste pour une nuit… Merci…

— Le temps que j'appelle ma femme, lui dis-je. Pour la prévenir.

— Faites, faites… Merci…

Je passe dans son bureau, pour qu'il ne m'entende pas, au cas où. Ma femme est surprise, naturellement. Elle le connaît peu, au fond, elle ne l'a pas revu depuis l'aventure du chien. Mais elle est une bonne âme. Je lui explique en peu de mots, sans trop m'attarder sur Bernard Madoff (une affaire qu'elle connaît déjà, par la radio), et elle me dit avec simplicité :

— C'est à toi de voir.

— Bon.

— Tu veux que nous lui donnions notre chambre ? Nous pourrions coucher sur le canapé.

— Non, non, je l'ai prévenu. Il ne s'attend pas à un cinq étoiles. Je crois qu'il a surtout besoin de compagnie. Juste pour un soir.

— Comme tu veux, me dit-elle. Après tout, c'est ton associé.

Se moque-t-elle un peu de moi ? C'est chose possible. Mais je la connais, elle est habile, elle sait voir le bon côté des événements. Qui sait où cette arnaque majestueuse peut nous mener ?

Et si j'y pense, à part sa malhonnêteté, qu'est-ce que j'ai à lui reprocher, à cet homme ?

*

Ma femme lui a préparé un bouillon de légumes bio. Il a refusé le jambon, mais il croque un peu de salade, avec une biscotte légère. Il est là, chez nous, pour la première fois, à demi allongé dans un fauteuil, une compresse d'eau froide sur le front, car il se plaint d'élancements crâniens. Notre fille l'a regardé avec curiosité et lui a demandé :

— Qu'est-ce que vous faites ?

Étonné par cette question, il n'a pas pu vraiment répondre. « Ah, disait-il, si je le savais… » Notre fille insistait : « Mais vous avez bien un métier ? Tous les hommes ont un métier ! » Il hochait la tête et disait : « Tous les hommes, oui, tous les hommes… »

Il a fini par lui dire :

— J'essaie de monter des films, tu vois. De les produire.

— Des films de cinéma ?

— Oui. Comme ceux qu'écrit ton papa. J'essaye de faire qu'ils existent.

— C'est difficile ? demande ma fille.

— Oui, lui dit-il. Par moments, c'est même très difficile. Et personne ne s'en rend compte.

— Vous êtes un producteur, alors (ma fille connaît bien ce mot-là) ?

— Je pensais l'être.

Après la salade, et tandis que je découvre avec satisfaction les bontés de cœur de ma femme, qui semble avoir perdu tout ressentiment et lui apporte une tisane apaisante venue d'Asie, en renouvelant sa compresse froide, il prend place sur le canapé et demande l'autorisation d'enlever ses chaussures, ce qui lui est accordé. Il demande aussi si nous n'aurions pas un yaourt. Oui, il nous en reste un, que nous destinions à notre fille, demain matin, un yaourt aux fruits rouges. Il est pour lui, il l'avale en silence, sans sucre. Il se trouve chez nous sans brosse à dents, sans chemise de rechange, incertain de ses lendemains. Ses économies personnelles sont ravagées (« Le travail de toute une vie, a-t-il murmuré à plusieurs reprises, de toute une vie »). Je crois qu'il n'a toujours pas prévenu sa femme (mais Jacqueline a dû s'en charger). Je mets la télévision pour suivre le journal de 20 heures, où les journalistes parlent évidemment de Bernard Madoff.

Le producteur regarde les nouvelles du jour et l'image du grand arnaqueur en murmurant deux ou trois fois, non sans un rien d'affection, et presque de tendresse, dans la voix :

— Bernie… Bernie…

Il hoche plusieurs fois la tête.

Ma femme me dit à voix basse, tandis qu'elle débarrasse la table :

— Il l'admire, au fond…

Et je crois qu'elle a raison. Trahi dans son être même, c'est-à-dire dans sa substance, dans son argent, il conserve un certain sens de la hiérarchie dans le jeu de dupes. Fallait-il qu'il soit fort, tout de même, ce Madoff, pour dépouiller ainsi ses proches ! Quelle envergure, quelle adresse et surtout quelle puissance d'âme ! Estourbir ses amis ! Quelle classe ! Quelle suprême indifférence aux pauvres sentiments humains !

Son attitude dit tout cela. S'y ajoute, là, ce soir, une impression d'humilité forcée, celle du vaincu qui, malgré des ressources indéniables et souvent éprouvées (en particulier à mes dépens), a fini par trouver son maître.

Il a rendu les armes, il a rencontré plus rusé que lui.

Et il le sait.

Ma femme me glisse, tandis que nous nous croisons dans la cuisine :

— N'oublie pas que dans l'argent qu'il a perdu, il y avait le tien.

Et c'est vrai, sans doute.

Une demi-heure après la fin du repas, il reprend lentement la parole, les mots lui reviennent. Je lui ai posé une question toute simple : « Est-ce que l'affaire Madoff a quelque chose à voir avec la crise qu'on annonce ? » La réponse est longue et vague. Elle pourrait se résumer par « oui et non ». Mais à l'entendre – c'est une caverne obscure qui parle, une pythie prise en défaut, un oracle désabusé – tout est tellement compliqué, tellement tordu. Comment voir le monde, ce noir labyrinthe, ce marécage, cette mangrove, en un coup d'œil ? Qui pourrait s'en flatter ?

— Je vais vous dire, mon petit Jean-Michel, puisque vous me posez la question. Je vais vous dire. Et croyez-moi, j'y réfléchis depuis quelque temps. Je ne vous parle pas à la légère. Vous savez pourquoi je me sens malade ? Pourquoi j'ai les bras qui m'en tombent ? Écoutez-moi bien. (Un silence, j'écoute, ma femme s'assied près de nous.) Il y a quinze ans à peine, disons dix-sept ou dix-huit, je ne sais déjà plus, tout va tellement vite, nous avons assisté à la chute du communisme. Vous vous rappelez ?

— Bien sûr. J'étais étudiant, à l'époque, mais je m'en souviens. 1989, le mur de Berlin…

— Pour nous, c'était une victoire. Énorme. Et définitive. Tout un système s'écroulait dans la poussière. La mort d'un monstre. Adieu, tout ça. Le sang du monstre s'écoulait par la percée du mur de Berlin. Nous sentions comme un très large courant d'air qui balayait toute la terre.

— Oui, je me rappelle.

— Et la liberté triomphait. La liberté dans tout, dans la littérature, dans l'information, et surtout, surtout, Jean-Michel, dans les affaires ! Ça, croyez-moi, c'est inoubliable. La liberté dans les affaires ! Il faut l'avoir vécu une fois dans une vie. Le libéralisme avait gagné !

— Et maintenant, demande ma femme, vous craignez pour lui ? Pour le système capitaliste libéral ? (C'est ainsi qu'elle parle.) Vous vous inquiétez ?

— Naturellement. C'est normal. Et je ne suis pas le seul. Même les ouvriers s'inquiètent. Tout le monde craint, tout le monde a peur. Si notre bateau plonge, nous n'en avons pas d'autre. Vous n'avez qu'à écouter ce qui se dit. Aucun secours à l'horizon. Je ne suis pas différent des autres, vous savez. Mais si vous permettez… (il rêve deux ou trois secondes) il y a beaucoup plus étrange.

— Étrange ? Que voyez-vous d'étrange ? (C'est toujours ma femme qui parle.)

— Est-ce que le même phénomène pourrait se reproduire deux fois dans une vie d'homme ? Qu'en pensez-vous ? Est-ce que quelqu'un comme moi pourrait avoir connu la fin du système communiste et, dans la même vie, moins de vingt ans plus tard, la fin du libéralisme ? Dites-moi franchement : est-ce que vous croyez cela possible ?

— Et vous ? (demande encore ma femme, car personnellement je me tais).

Il déplace quelque peu la compresse, sur son front, il ferme un instant les yeux. Encore cinq ou six secondes de silence (c'est long, parfois), puis il nous dit :

— Sans nous en apercevoir, nous avons creusé notre propre tombe.

Un court silence, puis :

— Et Bernie a raison de nous y enterrer.

Commence alors un long et mystérieux monologue, duquel je n'ai pas tout retenu, car il nous parut incohérent, entrecoupé, souvent obscur. Jamais je ne l'avais entendu parler de cette manière, avec ces mots-là. Cela commençait par les banques, foutoirs modernes, sales pissotières du crédit, et maintenant, bien sûr, il faut les remettre à flot, nous, les pauvres rats encore accrochés à l'épave, il faut nous sécher les bourses une fois de plus, et encore nous ne sommes pas embarqués dans le plus tocard des rafiots, mais c'est comme ça, je vous parie que ceux qui nous ont plongés dans la mouise sont en train de racheter nos débris pour peanuts, non, ne cherchez pas à comprendre, ma liberté n'est pas la vôtre, faudra encore trois siècles pour admettre cette évidence, mais oui, monsieur, je ne suis libre que si tu ne l'es pas, à quelle branche je peux me cramponner maintenant ? Hein ? Vous pouvez me le dire ? Reste-t-il encore une branche saine, sans moisissure ? Et s'il reste des branches, est-ce qu'il y a un arbre debout ? Hein ? S'il y a quelque part un troisième système, qui finalement serait le bon, qui le connaît, qui l'a vu ? Qui peut me l'expliquer ? Où il se cache ? Je connais des gens qui font leur prière devant un lingot d'or tous les matins, ne riez pas, je le sais, je l'ai vu, un lingot qui brille entre deux cierges, et ces gens-là qui osera les pendre ? Hein ? Après leur avoir arraché la peau et les ongles ? Qui osera ? On nous parle de l'intégrisme, du fanatisme, moi je veux bien, que Dieu préserve, mais les talibans du CAC 40, qui leur bouffera les couilles ? Et sur la place publique, encore ! Devant la foule réunie qui applaudirait à s'écorcher les mains ! Là, je voudrais être au premier rang, ah, oui. Les voir de près. Les voir dégueuler leurs stock-options en direct et demander pardon aux pauvres ! À genoux, tous ! À genoux sur du verre pilé ! Et qu'on me passe le fouet, que je me régale ! Et puis qu'on les jette dans une basse-fosse merdeuse, privés de tout, même de leurs souvenirs d'embonpoint et de Jacuzzi ! Avec des galettes à bouffer, la moitié d'une par jour, pas plus, des galettes faites de terre et d'un peu d'herbe, comme dans certains coins d'Afrique ! Car c'est comme ça que ça va finir, moi je vous le dis, ce sera Cendrillon à l'envers, adieu carrosse, bonjour les engelures et la crasse, l'avenir est dans le chômage, à patauger dans le caca de la misère, dans le chômage et aussi dans la horde, ah, oui, la horde, voilà, ça vient, des millions de décharnés lâchés dans les villes et dans les campagnes, qui ravageront tout, qui se mangeront les uns les autres, ça ne fait pas un pli, vous-même, Jean-Michel, avec tous vos rêves de verdure et d'air pur, excusez-moi, vous êtes loin du compte, vous êtes un naïf, mon cher, vous vivez sur une planète de fantaisie, avec des clochettes à votre chapeau, si même une banque comme Lehman Brothers met les pouces, alors où on va ? Hein ? Pourquoi pas

Goldman Sachs ? Et pourquoi pas demain la Banque fédérale ?

Lorsqu'il s'arrête – impossible de dire combien de temps son improvisation a duré, plus longtemps que ça – il ferme encore un instant les yeux, il est essoufflé, et nous l'entendons murmurer deux ou trois fois le nom de son très cher Bernie.

Il a sommeil, me dit ma femme, à l'oreille.

Quelques minutes plus tard, nous lui offrons de se retirer dans notre chambre, mais il refuse. Non, non, il sera très à l'aise sur le canapé. Qu'on ne s'inquiète pas pour lui. Au point où il en est, de toute manière…

Nous lui laissons une bouteille d'eau minérale, nous lui indiquons les toilettes. Et nous nous retirons. Longtemps, ma femme et moi, nous bavardons dans notre chambre. Elle pense que j'aurais dû encaisser le chèque tout de suite, et elle a sans doute raison. Trop tard. Opposition est faite.

Ma femme me dit enfin, en fermant les yeux :

— Le monde entier est comme nous, ce soir.

Elle a raison. Je pense un instant à notre fille. Connaîtra-t-elle encore le sens du mot « banque » ? Un nouveau monde est-il en train de naître à côté du nôtre, sous le nôtre, des entrailles du nôtre ? Un monde duquel nous ne savons rien ?

*

Quand ma femme se lève, à sept heures et demie, pour conduire notre fille à l'école, notre hôte d'un soir est déjà parti. Il a laissé un petit mot sur la table du living : « Merci pour tout, je n'oublierai pas, Jean-Michel, vous m'appelez sans faute. »

— Il doit se sentir mieux, me dit ma femme.

— Oui, c'est à croire.

Je me lève moi aussi, je fais ma toilette, j'attends qu'il soit 10 heures, en écoutant la radio (toujours la crise et toujours Madoff, pas forcément liés). Ma femme revient de l'école et nous discutons un moment. À ma surprise, avant même que je lui en parle, elle me dit que la nouvelle idée lui plaît beaucoup. Une femme d'autorité, violée par un quatuor de malfrats, enceinte enfin, et qui tombe raide pour un ministre de l'autre camp.

Je lui demande :

— Tu aimes ça ?

— C'est un peu fruste, ça demande du poli, mais il y a quelque chose, oui. Ça peut se jouer. La situation basique est excellente.

— C'est peut-être le ministre qui tombe raide, et elle qui résiste, dis-je.

— Oui, évidemment. Mais le personnage intéressant, depuis le départ, même dans Montaigne, c'est elle.

— Je suis bien d'accord.

Elle abandonne la situation et me parle alors du personnage, ce qui est toujours le plus facile (j'ai beau le lui répéter, elle ne comprend pas). Elle voit une femme encore belle, une veuve dans les parages inférieurs de la quarantaine, un peu retouchée peut-être autour des yeux, avec deux enfants qui s'appellent…

Je l'arrête. Trop tôt pour chercher les noms des enfants. À régler plus tard. Rien de plus simple. Si tout était aussi facile que de trouver des noms pour des enfants ! Oui, argue-t-elle, mais quelquefois le fait de donner un nom à quelqu'un peut nous renseigner sur le personnage, nous…

— Non, non ! Arrête ! Non, je ne travaille pas comme ça ! Arrête un peu avec les personnages ! Et pour commencer, cette femme n'a pas d'enfant.

— Ah bon ?

— C'est beaucoup mieux. Cet enfant qu'elle porte, en un sens, c'est inespéré, c'est comme un cadeau.

— D'accord, d'accord. Mais tu sais, en tout cas, ce que tu pourrais faire ?

— Dis-moi.

— À mon avis, ton producteur est dans le potage. Il ne va pas s'en sortir comme ça. C'est tout le système ancien qui s'écroule, et cette fois pour de bon.

— Et alors ?

— Tu devrais écrire cette histoire de femme enceinte, en une trentaine de pages, et la proposer à quelqu'un d'autre.

L'avouerai-je ? J'y avais pensé, seul dans mon coin. Ma femme insiste :

— Une bonne histoire trouve toujours preneur, tu le dis toi-même.

— Presque toujours.

— Et celle-ci est bonne, et elle est à toi.

— Elle n'est pas tout à fait à moi. L'idée de base, oui, elle vient de Montaigne, d'accord. Et c'est moi qui l'ai repérée, qui l'ai apportée, aucun doute, même si je n'ai aucune preuve écrite. Mais pas mal d'éléments viennent de lui, du producteur. L'aspect moderne, la banlieue…

— Et alors ? Mais je rêve ! Tu ne vas quand même pas te gêner ! Après tout ce qu'il t'a fait voir !

Nous discutons un bon moment, en tournant en rond. Ma femme est persuadée que j'ai tous les droits sur cette histoire (avec Montaigne) et que de toute manière le producteur est trop fatigué, trop découragé pour réagir.

— Il est vidé. Il a tant d'humiliation en tête qu'il a sans doute tout oublié, me dit-elle.

J'en suis moins sûr. Et puis, si tout le système s'écroule, qui produira encore des films ? Ma femme a la réponse : les temps de crise sont favorables au cinéma. Elle a lu un article de quatre pages là-dessus. Je n'insiste pas.

*

À 10 h 15, j'appelle Jacqueline au bureau. Elle me répond, d'une voix faible (de nouveau ses yeux, qui la chagrinent).

Je lui dis qu'il est parti de bonne heure, sans nous réveiller, et je lui demande :

— Vous l'avez vu, ce matin ? Comment va-t-il ?

— Si je l'ai vu ! Non, je ne l'ai pas vu, mais il m'a réveillée à 6 heures !

— À 6 heures ? Mais pour quoi ? Qu'est-ce qu'il voulait ?

— Il voulait un billet d'avion pour New York ! À 6 heures du matin ! Pour partir aujourd'hui ! Si vous croyez que c'est commode !

— Et alors ?

— Sur Air France, ils n'avaient plus que des places en économique. Il a fallu que je le mette sur Bristish Airways. Mais en passant par Londres.

— Et il est parti ?

— Il y a vingt minutes.

20

Je renonce donc à cet homme-là, qui m'a fait perdre plus d'un an de ma vie, et je suis les conseils de ma femme. Je me mets au travail, de jour comme de nuit, et j'écris un long traitement (comme nous disons, le mot a quelque chose de médical), long de vingt ou vingt-cinq pages. Tout compte fait, cela n'a pas trop mauvaise mine. Pour être en paix avec moi-même, j'écris que l'homme politique, qui est de droite – la mairesse violée se situant plutôt chez les socialistes modérés –, je dis donc qu'il habite avenue Montaigne. Petit clin d'œil à moi-même. Au moins le maire de Bordeaux ne sera pas tout à fait absent du projet.

La femme enceinte fait sa déclaration publique, comme dans l'histoire originale (messe en moins et micro en plus). Une question se pose, évidemment : aujourd'hui, elle pourrait très facilement interrompre cette grossesse, ce qui n'était pas le cas au XVIe siècle. Mais voilà : elle a subi une éducation catholique assez rigoureuse, il lui en reste quelque chose, en outre elle a toujours voulu un enfant, sans résultat, il s'agit de sa dernière chance (ma femme est d'accord sur ce point, ce qui nous évite de chercher des prénoms), elle est non pas veuve mais divorcée (sa stérilité supposée, qui était illusoire, fut d'ailleurs une des raisons de ce divorce), elle accepte donc son état, même venant d'un viol, elle l'accepte même avec joie, et personne ne peut l'obliger à avorter.

C'est comme ça.

Je me trouve, comme d'habitude, les excuses que je peux. Mais je décide.

Ma femme – qui dès le lendemain a reçu d'assez belles fleurs de remerciement – est d'accord sur tous ces points, ça me réconforte (comme à tous les auteurs, il m'arrive d'avoir des doutes, et même de n'avoir que ça).

Après une bonne semaine de réflexion, de discussions et d'écriture, mes vingt-cinq pages ne se présentent pas trop mal. Je lis, je relis, j'imagine.

Je commence à me demander à quel producteur je vais m'adresser, je n'en connais pas des centaines, quand le téléphone sonne, un matin vers huit heures.

C'est Jacqueline.

— Jean-Michel, me dit-elle, pourriez-vous aller à Bruxelles ?

— Pour y faire quoi ?

— Il aimerait beaucoup vous voir.

— Il est à Bruxelles ?

— Oui.

— Et il ne vient pas à Paris ?

— Non, en ce moment c'est un peu difficile pour lui. Il doit rester là-bas. Mais ça va s'arranger, c'est une affaire de quelques jours.

— Et il voudrait me voir ?

— Oui, le plus tôt possible. Avec votre histoire, vous savez ? Il m'a parlé d'une femme enceinte, c'est bien ça ? Je ne me trompe pas ?

— Non, non.

— Vous avez bien un sujet avec une femme enceinte ?

— Oui.

— Ça l'intéresse. Il veut vous voir le plus vite possible. Vous pouvez partir aujourd'hui ?

— Aujourd'hui ?

— C'est très facile d'aller à Bruxelles. Vous prenez le train, il vous attend à l'hôtel, je ne sais pas ce qu'il vous veut exactement, s'il le faut vous y restez la nuit, vous êtes de retour demain matin au plus tard. D'accord ?

Elle ne me laisse pas le temps de me faire une opinion. Je suis seul, ma femme n'est pas encore de retour de l'école, je n'ai pas terminé ma toilette. D'un autre côté, je n'ai rien à faire aujourd'hui, je ne connais pas Bruxelles, je me laisse tenter, je dis :

— Écoutez, oui, d'accord, c'est peut-être possible. Il faut voir. Comment fait-on ? Vous m'envoyez un billet de train par coursier ?

— Ah, non, on n'a pas le temps. Vous allez à la gare, il y a des trains toutes les heures, vous prenez un billet, et au retour on vous rembourse.

Naturellement, je me méfie, je me méfie même de Jacqueline. Je lui demande :

— C'est bien sûr ?

— Qu'on vous rembourse ? Mais naturellement. Enfin, Jean-Michel, vous n'y pensez pas ! Ça ne coûte rien, un billet pour Bruxelles !

Je n'ose pas lui dire que je ne suis pas sûr de pouvoir me l'offrir. Si, quand même, avec l'indulgence de ma banque.

Elle me donne le nom de l'hôtel (« et gardez bien vos notes de taxi, aussi ! »), et enfin elle me recommande de prendre avec moi mon traitement, car c'est de ça qu'il s'agit. Oui, il y a du projet dans l'air. Ce projet-là.

— Excusez-moi, me dit-elle, mais j'ai rendez-vous chez l'oculiste et il ne faut pas que je le rate. Sinon, j'attends trois mois, vous les connaissez.

Je m'habille en toute hâte, je place ma trousse de toilette et une chemise de rechange dans mon sac de voyage – qui n'a pas voyagé depuis quelque temps –, je n'oublie pas mon traitement tout frais et sans attendre le retour de ma femme je me rends, en métro, à la gare du Nord.

Je prends le billet le moins cher possible. Quarante-cinq minutes plus tard, je m'assieds dans le train – j'adore le train, c'est le seul véhicule où je me sente véritablement transporté –, je relis mon traitement, vraiment pas mal, je dors dix minutes, gare de Bruxelles Midi, j'arrive.

Je ne me souviens plus du nom de l'hôtel, mais il a, dans mon souvenir, assez belle allure. Le producteur est assis dans le hall, Jacqueline l'a prévenu depuis le matin et, dès qu'il m'aperçoit, il se lève, joyeux, et court à ma rencontre.

— Ah ! Jean-Michel ! Vous avez bien fait de venir ! Merci, merci !

Étrangement, il paraît requinqué. Tiens, en écrivant ce mot, je m'aperçois qu'il contient du requin. Comme les mots sont voilés, et pour ainsi dire taciturnes ! Ils disent toujours autre chose que ce qu'ils veulent dire. Ils portent presque tous des masques, ils sont les cachettes de la pensée.

— Venez, je vous présente.

L'homme à qui je suis présenté est petit, blond et rond. Il supporte avec vaillance ses cinquante et quelques années, arbore des lunettes de grand faiseur et souffre d'une calvitie frontale. Pour compenser, peut-être, il porte les cheveux quelque peu trop longs dans le cou. Je ne me rappelle pas clairement son nom. Mon producteur, d'ailleurs, l'appelle tantôt Zoutemelk, tantôt Zotémelk. Il est flamand, de toute manière, et parle français avec lenteur et modestie. J'écris son nom n'importe comment. Désolé.

Il est producteur, distributeur, et possède même, à ce que j'entends, une chaîne de télévision câblée. Dans quel pays ? Ce n'est pas dit.

— Figurez-vous, me dit le producteur (il semble avoir retrouvé la bonne forme, ses yeux sont vifs et gais, pas un mot de Bernie), que nous nous sommes rencontrés ici même, hier soir, par hasard. Nous avons pris l'ascenseur ensemble. À quoi tiennent les choses, hein ? J'ai vu que M. Zoutemelk (ou Zotémelk, je comprends mal) lisait une bonne revue de cinéma, je me suis présenté, et nous avons dîné ensemble.

Vu. Facile à voir, d'ailleurs. Il a dîné avec M. Zoutemelk et il lui a vendu mon idée.

C'est exactement ça, comme je vais le découvrir.

— Jean-Michel, vous avez faim ?

— Un peu, oui.

— J'ai réservé une table ici même. Comme M. Zotémelk (?) vit ici, j'ai pensé que ça serait plus commode pour tout le monde.

Plus commode et meilleur marché, sans doute. Nous mettrons notre déjeuner sur la note de M. Zoutemelk, qui doit d'ailleurs s'en douter, à considérer son visage grave.

Le producteur ne me dit pas où il vit, lui. Dans un hôtel ? Chez des amis ? Pas la moindre idée. Je lui demande, tandis que nous nous dirigeons vers la salle à manger, s'il va rester longtemps à Bruxelles.

Réponse imprécise. Quelques jours encore, me dit-il. Des gens à voir. Le temps de régler « certaines affaires ». Je n'en saurai pas plus. Serait-il provisoirement interdit de séjour en France ? Pour raisons fiscales, par exemple ? Ça existe, l'exil fiscal ? Nous n'en parlerons pas.

M. Zoétemelk est au régime. Il ne va manger qu'un brin de poisson bouilli avec des herbes cuites à la vapeur, tout en lorgnant mélancoliquement vers nos assiettes. Et il boira de l'eau minérale sans gaz.

Nous prenons des sauces et du vin. Nous trinquons avec le verre d'eau minérale. La salle est claire et calme. Peu de monde. Des fleurs un peu partout.

Le producteur me demande d'emblée :

— Vous avez apporté votre traitement ?

— Oui, je l'ai là.

— Vous l'avez écrit ?

— Oui. Vous voulez le voir ?

— Racontez-nous plutôt l'histoire. Je me rappelle, quand vous me l'avez racontée la première fois, j'étais fasciné. N'attendons pas le dessert, allez-y. Et parlez lentement, avec des mots simples.

Il se tourne vers Zoétemelk et lui dit :

— *Listen to that. It's wonderful.*

Je ne suis jamais très bon quand je raconte une situation, une histoire. Je bafouille un peu et je le sais, je préfère écrire. Cependant, je me lance, sans l'aide de mon texte.

Nous sommes, dis-je, en France, aujourd'hui, dans une ville de province ou de banlieue, dont le maire est une femme d'une quarantaine d'années…

— Mais non ! Mais non ! Pas cette histoire-là !

— Ah bon ?

— Mais non, voyons, Jean-Michel, l'autre histoire !

— Laquelle ?

— Celle que vous m'avez racontée au restaurant, vous vous rappelez ? Celle que vous avez trouvée, chez qui déjà ?

— Chez Montaigne ?

— Voilà ! (Il se tourne triomphant vers Zoutemelk.) C'est Montaigne qui a eu l'idée ! Hein ? Tout de même !

M. Zoutemelk (ou Zoétemelk, Zoïtemelk peut-être) ferme des paupières affirmatives à plusieurs reprises en avalant une gorgée d'eau. Cela signifie qu'il connaît Montaigne. Au moins de nom, me dis-je. Mais pas du tout. Le voilà qui parle. Il m'apprend, de sa voix douce et hésitante, qu'il s'agit là d'un de ses livres favoris, qu'il est excellemment traduit en flamand, et depuis longtemps, que peut-être il est plus succulent encore en flamand qu'en français (il ne dit pas pourquoi), il me cite même – en flamand – deux ou trois phrases des *Essais* qu'il connaît par cœur.

J'en suis étonné mais heureux. Je dois lui avouer mon ignorance en matière de culture flamande, sauf pour la peinture évidemment.

Mon producteur, lui, est réellement déconcerté. Pris au dépourvu, pour être exact, par les connaissances de son nouvel ami. Néanmoins, il se raccroche vite aux wagons qui passent et il demande à M. Zoutemelk :

— La femme qui est enceinte et qui demande, un dimanche, que le père de son enfant se dénonce, vous la connaissez, cette histoire ? Vous l'avez lue, dans Montaigne ?

M. Zoétemelk fronce légèrement ses sourcils blonds, où pointent quelques poils déjà blancs, et répond que non, il ne connaît pas. Pas vraiment. En tout cas, là, comme ça, de prime abord il ne s'en souvient pas.

Le producteur me demande alors :

— Vous voyez bien de quoi je parle ? Vous n'avez pas oublié, au moins ?

— Non, je ne crois pas.

— Ça se passe dans une église, au début, vous vous rappelez ?

— Je me rappelle très bien.

— Au Moyen Âge !

— Non, pas vraiment au Moyen Âge, disons plutôt vers la fin du…

— Mais, Jean-Michel, ça n'a pas d'importance ! C'est autrefois, de toute manière. Et ce qui est beau, là-dedans, comprenez-vous (il s'adresse à M. Zoutemelk et à moi), ce qui est beau, c'est ce retour à nos racines, à notre passé, ces sentiments humains qui existaient déjà, très forts, depuis longtemps et que nous retrouvons aujourd'hui. Car dans cette histoire, laissez-moi vous dire, nous sommes tout près des mères porteuses et des embryons sélectionnés ! Très près ! Vous allez voir ! Ce que nous réalisons de nos jours, nos ancêtres en avaient rêvé ! Ce serait une erreur d'essayer de moderniser tout ça, une grosse erreur !

Il s'adresse maintenant à M. Zoutemelk, à qui on vient d'apporter son poisson chétif et qui vérifie, lunettes glissant vers le bout du nez, qu'il n'y a point trop d'arêtes.

Et il lui dit, tandis que je préfère ne rien dire :

— Vous qui cherchez une histoire en costumes, vous ne pourrez pas trouver mieux. Car ça se passe autrefois et en même temps aujourd'hui, de nos jours.

Toutes les femmes vont s'y reconnaître. C'est le point fort.

— Je cherchais une histoire en costumes, dit alors M. Zoutemelk (j'arrange son français), mais plutôt dans l'Antiquité.

Surprise du producteur :

— Dans l'Antiquité ?

— Oui. Il y a longtemps, c'est-à-dire.

Le producteur se tourne vers moi et me demande :

— Ça pourrait se passer dans l'Antiquité ? Qu'est-ce que vous en dites ? On perdrait l'église, évidemment. Mais d'un autre côté…

— Plutôt dans l'Antiquité orientale, dit alors M. Zoétemelk.

— C'est-à-dire ? (Question posée avec prudence.)

— J'ai un accord-cadre avec une production chinoise. Et ils cherchent des sujets historiques.

— Se passant en Chine ?

— Oui, bien sûr. Dans la Chine d'autrefois. À la rigueur en Corée, au Japon, en Mongolie. En Mandchourie même. À condition qu'il y ait des Chinois quelque part. C'est véritablement nécessaire.

Un moment de silence.

M. Zoutemelk nous explique alors, en peu de phrases, qu'il existe désormais un marché cinématographique considérable en Asie même. Ce marché, qui se développe sans cesse, peut rapporter, à lui seul, des centaines de millions de dollars, pour des productions dignes de ce nom, bien entendu. Et les Chinois se moquent bien du marché américain, ou européen. Quand ils réussissent à pénétrer ces marchés-là, bien sûr ils ne disent pas non, mais c'est une cerise sur le gâteau. Garniture agréable sans être indispensable.

L'Asie, d'ores et déjà, leur suffit. Et c'est grand, l'Asie.

— Par exemple, dit lentement M. Zoutemelk, en ce moment les Chinois sont en train de construire, sur le territoire chinois, plus de cinq mille salles.

— Cinq mille salles ! s'écrie le producteur, avec le regard du prospecteur qui vient de tomber sur un filon. (Il se tourne vers moi pour ajouter :) Vous vous rendez compte ?

Je me rends compte.

Le producteur se penche vers M. Zoutemelk et lui demande :

— Et vous, si je comprends bien, vous êtes chargé de trouver des sujets ?

— Mais oui. Je suis en rapport avec plusieurs grands studios.

— À Pékin ?

— À Pékin, à Shanghai et à Hong-Kong. Il y a aussi Macao, mais je me méfie de Macao (nous ne saurons jamais pourquoi).

— Et si vous leur apportez des sujets qui les intéressent, vous touchez un pourcentage ?

— Quelquefois un fixe, quelquefois un pourcentage. Si nous avons un élément européen, je peux même entrer en coproduction. Ça m'est arrivé.

— Donc, vous cherchez des sujets qui pourraient se passer en Chine ?

— En Chine ou en Asie. Des films pour le marché asiatique, qui est le grand marché de demain. Et même d'aujourd'hui, déjà, avec la crise.

— C'est vrai, dit le producteur, que la crise, ici, ne va pas nous arranger. Du point de vue de la production, en tout cas. Ça va être dur de convaincre les banques. De plus en plus dur.

— S'il y a encore des banques, dit M. Zoutemelk.

Il a terminé son poisson blanc, ses herbes et sa purée de céleri. Trois minces arêtes sont déposées, bien rangées, sur le bord de son assiette. Cet homme qui a des contacts avec la plupart des studios chinois (sauf à Macao) s'essuie soigneusement la bouche, vérifie sur sa serviette que ses lèvres n'ont pas gardé de traces de nourriture, puis il nous dit :

— C'est absolument certain. Du point de vue de la production, nous allons souffrir. Nous ferons sans doute moins de films, en Europe comme aux États-Unis. Mais les gens continueront à aller au cinéma, comme toujours en temps de crise (il est d'accord avec ma femme sur ce point). Ils iront même de plus et plus dans les salles. Et pour remplir leurs écrans, les exploitants occidentaux feront appel aux productions asiatiques. C'est sûr et certain.

— Sûr et certain, répète mon producteur. Je partage totalement votre analyse.

— C'est d'ailleurs un juste retour des choses.

— Je pense bien.

Un moment de silence. Chacun pense. Toujours pas un mot de Bernard Madoff, comme si tout cela n'avait été qu'un souffle de mauvais vent, une rumeur fragile dans un marécage.

M. Zoutemelk tient à nous préciser qu'il a un frère financier. Ce qui, nous dit-il, rend quelquefois les choses plus faciles.

— Moi, je n'ai pas cette chance, lui dit mon producteur. Mon frère à moi est un panier percé, laissez-moi vous dire, et c'est moi qui dois m'occuper de ses dettes, depuis trente-cinq ans que ça dure.

J'entends parler de ce frère pour la première fois. Inventé là, sur place ? Peut-être. M. Zoutemelk explique alors, posément, que son frère est financier *et* diamantaire.

— Ah, bon ? Diamantaire ?

— À Antwerpen, oui, oui. Il est mon aîné de quatre ans. Notre père était déjà dans la pierre.

— Et ça marche bien, le diamant, en ce moment ?

— Le diamant, vous savez, ça reste le diamant (ce qui est déjà bien rassurant). Ce n'est pas comme l'or. L'or est sentimental, vous savez, instable, frileux, coquet, toujours très sensible à l'air du temps. Aux aguets. Tout le contraire de ce qu'on croit. Le diamant est plutôt indifférent. Très distant. On le lui reproche parfois. Il est au-dessus de tout ça, il déteste les transactions, les fluctuations boursières, il vit dans son monde, il ne se mêle pas au reste des objets. Comme s'il ne lisait jamais les journaux.

— Je comprends.

— En ce moment, la crise l'avantagerait plutôt.

— Valeur refuge ?

— Peut-être. Mais il n'aime pas le mot valeur. Il est au-dessus de tout ça. Dernièrement, il s'est un tout petit peu réveillé, mais à peine.

— Et la demande ne baisse pas ?

— Stable.

Comme un temps mort dans la conversation. Les deux hommes s'observent sans se regarder. Lequel des deux roulera l'autre ? L'escroquerie a mille visages, souvent celui de l'innocence, de la naïveté, mais aussi celui de la maladresse, de l'incompétence. Passer pour un imbécile, et totalement inexpérimenté : comment faire ? Tout un travail.

En peu de mots, ils parlent de la mort de Sam, quelle tristesse, « une grande perte, un homme comme on n'en fait plus, ah, oui, c'est toute une époque qui s'en va avec lui ». Au fait, le chèque d'un million de dollars, a-t-on pu l'encaisser, ou non ? Sans doute n'est-ce pas l'endroit pour que je pose cette question-là.

M. Zoutemelk n'a pas connu Sam. C'était un autre temps.

En attendant, je me dis que dans ce métier, je devrais plutôt dire dans cette occupation, dans cette façon de vivre, dans ces allées et venues entre l'idée et la misère, j'apprends tout de même, au hasard du chemin, des choses très intéressantes, un jour sur le diamant, un jour sur les chiens.

Je m'instruis par digressions.

Les deux hommes ne prendront pas de dessert.

Vient alors la question féroce à laquelle je m'attendais depuis cinq minutes. Le producteur pose sa main sur la mienne et me demande :

— Qu'en dites-vous, Jean-Michel ? Notre histoire pourrait s'adapter à un village chinois ?

Au point où j'en suis, je n'y vois aucun inconvénient. À un village chinois ou coréen, ou thaïlandais.

— Oui, pourquoi pas ? dis-je.

— Un village est un village, n'est-ce pas ?

— C'est certain.

— Au lieu d'une église, nous pourrions avoir un temple bouddhiste ?

— Ou même une église chrétienne. Il y a des chrétiens, en Asie.

— Où ça ?

— Un peu partout.

— Oui, vous avez raison, je n'y pensais pas. Dans un temple bouddhiste, dites-moi, bouddhiste ou autre, il y a des sermons ? Une femme pourrait prendre la parole ? Elle aurait le droit ?

Ni M. Zoutemelk ni moi-même n'avons la réponse à cette question. Nous regardons tous les trois autour de nous, comme pour chercher un client chinois qui pourrait peut-être nous renseigner ; chinois ou japonais, ou coréen, ou mongol. Personne. Aucun visage oriental dans le restaurant de l'hôtel.

À tout hasard, je dis :

— Il faudrait que je me renseigne.

— Et cela pourrait se dérouler dans une autre époque ?

— Mais bien sûr. Même l'Asie a un passé.

M. Zoutemelk pose alors une autre question. Elle devait venir, celle-là aussi :

— Mais de quelle histoire s'agit-il ? Vous pourriez au moins me dire le pitch ?

— Le pitch ? Bien sûr. Jean-Michel, vous pouvez lui dire le pitch ?

*

Je rentre à Paris dans la confusion. Je suis même incapable de me rappeler exactement ce que j'ai raconté à M. Zoutemelk. J'ai mélangé sans doute Montaigne et la banlieue socialiste, avec des éléments bouddhistes de surface, et de toute manière un grand, un très grand rôle féminin. Cela fait toujours bon effet. J'ai dit qu'il s'agissait d'une femme enceinte cherchant un père pour son enfant. Voilà le pitch. Une future mère cherche un père. Peu importe le reste. L'époque, les costumes, la langue : fanfreluches.

Je raconte mon aller-retour à ma femme. Elle ne s'en amuse guère. Ce M. Zoutemelk, me dit-elle, doit être un de ces minables démarcheurs qu'on rencontre dans tous les commerces du monde. Toujours à promettre la fortune et à se faire offrir un café. Elle le voit d'ici.

— Il était tout de même dans un bel hôtel, lui dis-je.

— Tu en es sûr ? Tu es monté dans sa chambre ? Et l'addition, qui l'a payée ? Je voudrais savoir.

— Ils ont beaucoup discuté, et finalement ils ont décidé de partager.

— Ils t'ont invité, quand même ?

— Oui, mais ils m'ont demandé deux ou trois euros pour le supplément de pourboire. Ils n'avaient pas de monnaie dans leurs poches.

J'ajoute, imprudemment :

— Au moins, je suis en train de parfaire mon éducation, ça n'a pas de prix.

— Si, justement, ça en a un.

Nous poursuivons notre réflexion. Mon histoire est devenue trois histoires : celle dont Montaigne raconte le début, celle qui se passe en banlieue et celle qui se passe en Chine au temps jadis.

— Laquelle, me demande clairement ma femme, laquelle de ces trois histoires préfères-tu ?

À dire vrai, je n'en sais rien. Depuis Bruxelles, ma perplexité s'est aggravée. J'ai coutume de dire, en fanfaronnant, qu'une bonne histoire peut s'adapter à tous les climats, j'en suis tout à coup moins sûr. Dans une des solutions nous perdons ceci, dans l'autre cela. Est-ce que Balzac aurait pu situer *César Birotteau* en Abyssinie ? Je me le demande. Peut-être, après tout. Il en était bien capable. Il n'empêche que chacune de ses lignes sent la France, et que ses verbes traînent dans notre boue. Et c'est pour cela, sans doute, qu'il est universel. C'est pour cela que, dans sa jeunesse, Dostoïevski a traduit *Eugénie Grandet*.

Quelle histoire je préfère ? Il faudra que j'y réfléchisse. J'ai peu d'informations sur la vie dans les vieux villages chinois. Et peut-être ces trois situations en cachent-elles une quatrième.

— Jacqueline a téléphoné, me dit ma femme.

— Ah ? Et que voulait-elle ?

— Savoir si tu as déjà préparé tes papiers. Pour la nouvelle société.

— Ça marche toujours ?

— On dirait. À part que, si tu as déjà préparé tes papiers, tu as perdu ton temps.

— Et pourquoi ?

— Parce qu'il faut d'autres papiers. C'est ce qu'elle a dit. La nouvelle société sera établie au Luxembourg, et les formalités sont différentes.

— Au Luxembourg ?

— Oui. Elle voulait aussi savoir si tu as trouvé un nom.

— Un nom pour qui ?

— Pour la société, justement.

Non, je n'ai pas trouvé de nom, je n'ai même pas cherché. Un silence. Je sens que ma femme veut me dire quelque chose de grave – je la connais – et je me prépare.

Une question vient, douce d'abord :

— Tu vas vraiment t'associer avec lui ?

— Et pourquoi pas ?

— Avec un homme en faillite et sans doute interdit de séjour en France ?

— Rien ne le prouve.

— Mais tout le suggère. Le simple fait qu'il ait cherché refuge à Bruxelles, par exemple. Tu as pensé à une chose ?

— Dis-moi.

— Si tu t'associes avec lui, tu risques d'être responsable des pertes de cette société, tu comprends ?

— Oui.

— Si cette société s'effondre avec des dettes, imagine, et si ton ami disparaît, ce qui est ordinairement le cas, c'est toi qui vas devoir tout payer.

— Oui, bon, admettons, mais payer avec quoi ? Hein ? Je n'ai rien, de toute façon. Qu'est-ce qu'on peut me prendre ?

— Le reste de ton travail. Toute ta vie.

— Mais non. Tu t'inquiètes pour rien.

— Et la maison de maman, tu y as pensé ?

— À la maison de ta mère ?

— Ne ris pas, on a vu des coups encore plus tordus que ça. Tout à coup une bonne âme, bien naïve, bien gentille et crédule, se trouver embringuée dans une tourmente, aspirée vers le fond, sans pouvoir résister, tout ce qu'elle croyait tenir lui échappe… On a vu des trucs comme ça… Des choses incroyables… L'argent est incompréhensible, je t'ai souvent entendu le dire toi-même. Alors, je t'en supplie, avant de signer quoi que ce soit, au moins fais-moi plaisir, consulte un avocat. Tu me le promets ?

— Oui, si tu veux, mais tout de même, tu fais confiance à Jacqueline, non ? Si elle nous dit que…

— Jacqueline ? Tu penses que je fais confiance à Jacqueline ?

— Je croyais.

— À Jacqueline ? Mais Jacqueline est folle ! Folle de lui ! Tu ne t'en es jamais rendu compte ?

— Folle de lui ?

— Mais ça crève les yeux ! Elle ne pense qu'à lui, elle ne parle que de lui, elle n'a pas d'autre intérêt dans la vie que lui ! Il est son idole, son prince bleu ! Elle est sa chose, sa carpette ! Et tout ce qu'elle voudrait lui donner, et qu'elle ne peut pas lui donner, pas même lui dire, elle le reporte sur sa chienne ! C'est classique !

— Je n'y avais jamais pensé, dis-je (et c'est absolument vrai, je suis comme ça).

— Mais naturellement ! Les hommes, vous ne remarquez jamais ces choses-là. Vous ne voyez jamais les liaisons les plus simples, vous passez en aveugles entre les sentiments. Mais une femme le voit tout de suite ! Jacqueline, elle se damnerait pour lui, si l'enfer existait encore ! Elle irait griller ! Là, tout de suite ! Je parie qu'elle a sa photo sur sa table de nuit, dans un cadre en argent ! Elle couche avec, elle l'embrasse avant de s'endormir ! Tu veux que je te dise ? Je suis sûre qu'en ce moment, elle lui avance de l'argent en douce, sur ses propres économies. Mais oui, ne me regarde pas comme ça, j'en suis sûre. Tout ce qu'elle a pu mettre de côté, depuis vingt-cinq ans qu'elle travaille pour lui, elle le lui refile. Si elle en avait encore les moyens, elle irait tapiner pour lui ! Sinon, comment il vivrait, tu peux me le dire ? Il n'a pas produit de film depuis combien de temps ?

— Depuis deux ans.

— C'était quoi, le dernier ?

— *Tirez le verrou.*

— Quel genre ?

— Une sorte de vaudeville dans une prison.

— Ça a marché ?

— Non, pas du tout. C'était assez loupé, il faut dire.

— Et alors ? Son film polonais a coulé à pic, celui que tu as écrit ne s'est pas monté, qu'est-ce qu'il lui reste ? Non, non, je suis sûre de ce que je te dis. Sûre. Et c'est pour ça qu'il s'est donné toute cette peine pour lui trouver une autre chienne. Bien sûr ! C'était une façon de lui montrer sa gratitude. De lui dire qu'il tenait à elle ! Tout est clair, lumineux ! Il ne veut absolument pas la baiser, il ne veut pas et il ne peut pas, car il sait bien que ça foutrait tout leur petit système en l'air ! Lui, c'est une canaille, mais il sait des choses, excuse-moi. Il est même assez fin, je trouve (façon de me dire que je ne le suis pas). Par exemple, qu'est-ce qu'il est malin avec elle !

— Comment ça ?

— Mais si jamais il avait le malheur de se mettre au lit avec elle, comprends ça au moins, si jamais il commettait cette faute, sans compter qu'il faudrait qu'il en ait la force, tout son édifice s'écroulerait ! Tu peux comprendre ça, ou non ? Elle n'aurait plus besoin de Greta, elle deviendrait maîtresse officielle, la seconde femme…

— Ou la troisième…

— Peu importe. Elle se mettrait à téléphoner la nuit à la légitime, comme elles font toutes, et nous serions dans une autre histoire, dans une banalité.

— Qui s'achèverait mal ?

— Tu penses bien.

— Tu devrais en faire un roman, lui dis-je.

— Mais c'est ordinaire à vomir ! C'est du mille fois vu ! La première crétine venue qui pond un roman, c'est de ça qu'elle parle, neuf fois sur dix, ou alors de son père. C'est comme ça. Les femmes n'ont pas d'imagination.

— Si c'est toi qui le dis.

— Elles ont d'autres qualités.

— Et Agatha Christie, alors ? Elle vaut bien Simenon !

— Si on veut.

Nous nous lançons dans une discussion récurrente et sans véritable intérêt. Je passe.

21

Trente-six heures plus tard, alors que mes papiers pour la société luxembourgeoise sont presque prêts (mais je n'ai toujours pas trouvé de nom), un appel de Bruxelles.

C'est lui. Il me demande :

— Jean-Michel, vous avez un visa pour la Chine ?

— Non. Bien sûr que non.

— Il faudrait faire votre demande tout de suite.

— Pour partir là-bas ?

— Je vais vous dire une chose : vous avez beaucoup plu à mon ami flamand. Il trouve votre idée magnifique. Il n'est pas totalement sûr qu'il faille commencer par ça, mais vous l'avez impressionné. Il part à Pékin aujourd'hui, et il voudrait que vous le retrouviez là-bas. Le plus tôt possible. Pour mettre en place d'autres projets. Il veut vous présenter à tout un tas de gens.

— Et vous viendriez aussi ?

— Moi, non, je ne peux pas. Peut-être je vous rejoindrai un peu plus tard, mais pour le moment, non, je ne peux pas bouger. J'ai trop à faire ici.

— Mais je partirais pour combien de temps ?

— Je ne sais pas, vous verrez. Deux ou trois semaines.

— Deux ou trois semaines en Chine ?

— Oui, écoutez, voyez avec Jacqueline pour le visa. Et qu'elle vous réserve un hôtel là-bas. Ah ! À propos, je voulais vous dire, vous avez toujours le chèque des Polonais ?

— Bien sûr. Je ne l'ai pas jeté.

— Eh bien, vous pouvez le déposer à votre banque. J'ai fait lever l'opposition.

— C'est vrai ?

— Jean-Michel, est-ce que j'ai l'habitude de vous mentir ? Portez le chèque à votre banque, encaissez-le, là, tout de suite, ensuite allez voir Jacqueline et qu'elle vous arrange tout ça. J'envoie un e-mail au Flamand, pour lui dire que vous arrivez. D'accord ? Vous verrez, c'est extrêmement intéressant, la Chine. Surtout en ce moment. Vous adorerez.

Je suis tellement pris au dépourvu, hors de toute résistance, et même de toute méfiance (le chèque libéré me trouble), que je ne sais que dire. Je marmonne un ni oui ni non. Il le prend pour un oui. Il ajoute :

— Ah ! Naturellement, emportez avec vous toutes vos idées de films ! C'est ça le plus important ! Et cherchez-en d'autres pendant le voyage ! Ils vous attendent ! Ils comptent sur vous ! Ces occasions-là, il faut sauter dessus, croyez-moi ! Et racontez bien les choses, comme vous savez le faire ! Si vous pouvez, dans l'avion, vous les écrivez en quelques pages, en anglais ! Vous avez mis le petit Flamand dans votre poche ! Si vous pouviez partir demain, ce serait parfait.

Il raccroche peu après.

Pas question de partir demain. Mais je fonce déposer le chèque à notre banque, où il est bien reçu.

Je passe ensuite à Levallois. Jacqueline est déjà au courant. Je lui confie mon passeport, que j'ai apporté. Elle enverra quelqu'un faire les démarches. Comme elle connaît, par sa sœur, le cousin d'un restaurateur de Belleville qui a un frère bureaucrate à l'ambassade (peut-être pas le cousin, mais c'est quelque chose comme ça), elle pense que les choses vont aller vite.

Elle me dit tout cela en s'essuyant les yeux, qui ne vont pas mieux, semble-t-il.

Reste le problème du billet d'avion, de l'hôtel. Bien sûr, bien sûr, me dit-elle.

Je lui tends quelques papiers que j'ai apportés et je lui dis :

— Tenez, mes billets de train pour Bruxelles.

— Ah, oui ? Pourquoi donc ?

— Vous devez me les rembourser. Les billets et deux taxis.

— Oui, posez tout ça sur mon bureau, je m'en occupe dès que possible. Il y a plus urgent, excusez-moi.

Elle fait quelques pas comme si elle cherchait quelque chose dans un meuble (une compresse sur un œil), elle se retourne soudain vers moi – comme quelqu'un qui hésiterait à prononcer une phrase gênante – et elle me demande – soudain je la vois borgne :

— Le chèque des Polonais, vous l'avez encaissé ?

— Oui.

— Bien. Alors, voilà ce que vous allez faire. Allez tout de suite dans une agence, achetez un billet pour Pékin… Vous avez des extra-miles sur Air France ?

— Non. Je ne prends l'avion que très rarement, vous le savez bien.

— Mais non. Comment voulez-vous que je le sache ? Bon, ça ne fait rien. Cherchez le meilleur tarif sur Internet et achetez le billet.

— Que j'achète le billet ?

— Oui.

— Et avec quel argent ?

— Mais avec l'argent des Polonais ! Vous l'avez bien encaissé, ce chèque ?

*

Je ne suis pas allé en Chine. Voilà. Tout s'est arrêté là. À vrai dire, lorsque Jacqueline m'annonça que je devais moi-même acheter mon billet – et sans doute payer mon hôtel à Pékin –, je sentis que quelque chose en moi se cassait, comme un fil trop longtemps tendu. Enfin la rupture. Voilà. Je dis à Jacqueline, avec des mots très simples, sans me mettre en colère, que je rentrais à la maison et qu'il ne fallait plus compter sur moi.

Elle insista, en enlevant ses lunettes et en se frottant trop énergiquement les yeux (à mon avis un début de cataracte), elle prétendit que, devenu partenaire, il me fallait participer aux frais de la société nouvelle. Elle me dit ceci et cela, elle me parla de ma femme, elle supplia, elle pleura presque. Rien. J'ai secoué doucement la tête et je suis parti.

Je partis sans bruit, sans hâte, étonné de ma propre décision, contrôlant mes gestes, mais à peine fermée la porte du bureau je me mis à courir. J'allai directement à la banque, craignant je ne sais quoi, et je retirai le montant du chèque en liquide. Cela ne posa aucun problème, ce qui me parut étrange. Une jeune femme compta les billets sous mes yeux. Des billets qui me semblaient vrais. Elle en fit des liasses, elle les plaça dans une enveloppe et me les donna. Je dis poliment merci, je plaçai l'enveloppe dans ma poche – il me semblait sentir la chaleur des billets, il me semblait même qu'ils bougeaient, qu'ils s'étiraient, qu'ils se tortillaient tout contre mon corps – et je sortis de la banque comme d'une caverne ensorcelée.

De l'argent. J'avais de l'argent sur moi.

Je me rendis d'abord chez les commerçants de notre quartier, où traînaient quelques ardoises. Je m'acquittai de toutes nos dettes alimentaires et, le cœur allégé, je retrouvai ma femme et ma fille.

Je leur montrai ce qu'il me restait de l'argent – plus de la moitié –, je leur annonçai que nous n'avions plus de dettes, en tout cas dans le voisinage immédiat. Je leur dis aussi que mes relations avec le producteur venaient de prendre fin. Et je leur expliquai pourquoi.

— Ce n'est pas trop tôt, dit simplement (et assez tristement) ma femme.

Deux ou trois minutes plus tard, elle ajouta, après un silence :

— Quel dommage, tout de même.

— Pourquoi dis-tu « quel dommage » ?

— Tout arrêter, comme ça, au début d'une grande aventure, peut-être.

— Je n'allais tout de même pas payer mon voyage à Pékin !

— Non, bien sûr, me dit-elle, je te comprends. J'espère que tu n'auras pas à le regretter.

— Mais c'est toi qui me disais de tout laisser tomber, tu te rappelles ? Et de travailler seul, sur mes idées ! D'essayer de les vendre ailleurs !

— Oui, oui, je me rappelle. Je ne te reproche rien, tu sais. J'essaie de me mettre à ta place, c'est tout. C'était tout de même un beau rêve. (Après un court silence :) Il a téléphoné, il y a vingt minutes.

— Qui ?

— Mais lui, évidemment ! Ton producteur ! Il a appelé de Bruxelles, il a laissé un numéro, il veut absolument que tu le rappelles.

— Pas question.

— Bon.

— Si tu l'as de nouveau au téléphone, dis-lui que c'est fini, que je ne veux plus lui parler.

— Il insistera.

— Ça m'est égal.

*

À ce moment, comme dans une pièce de théâtre à l'ancienne, le téléphone sonna. C'était lui. J'eus le malheur de décrocher et de répondre. Il commença par me dire que Jacqueline l'avait appelé pour lui « dire tout ». Il comprenait parfaitement mon attitude (pas difficile à comprendre, il me semble) et, avec des mots très chaleureux, tendres, et même vibrants, il m'assura que j'avais tort, qu'il comptait véritablement sur moi, que nous étions, grâce au Flamand, à l'orée d'une immense affaire, que nous allions conquérir, à nous deux, le continent le plus peuplé du monde. Fortune et gloire, là, à portée de nos mains. Un grand fleuve jaune plein de dollars verts. Comment laisser filer une occasion pareille ?

Et tout à coup, sentant probablement ma réticence :

— Jean-Michel, nous nous connaissons depuis combien de temps ?

Ce fut la question insupportable, l'affection de trop. Je lui répondis, avec toute la sécheresse dont j'étais capable (et surveillé du coin de l'oreille par ma femme), que nous nous connaissions depuis trop longtemps, qu'il me désespérait, qu'il me faisait perdre ma vie. J'admis – concession ultime – que je voulais bien me rendre à Pékin pour rencontrer M. Zoétemelk (ou Zoutemelk) et passer là-bas quelques jours, voire une semaine, mais à condition que le voyage me soit payé.

Voyant que ma femme me faisait signe, je posai une main sur l'appareil pour lui demander :

— Quoi ?

— Ton voyage et ton hôtel, me dit-elle à voix basse. Si tu ne pouvais pas payer ton hôtel, tu ne veux pas qu'ils te gardent là-bas !

J'ajoutai donc l'hôtel à mes conditions (moi dans une prison chinoise, quel vent glacé). Je lui dis que j'avais déjà dépensé une bonne partie de l'argent polonais et que j'avais besoin du reste. Je lui rappelai qu'il me devait un assez gros chèque sur mon dernier travail de scénariste. Cette fois il en convint sans difficulté, il ne me demanda même pas « quel chèque ? », il bafouilla quelque peu, cherchant un fil miraculeux dans son labyrinthe de combines, il me dit que les choses allaient sûrement s'arranger, que de toute manière il le souhaitait, qu'il ferait tout son possible, sa voix faiblit sur les derniers mots, et il raccrocha.

Cela se passait l'année dernière.

Je ne lui ai plus jamais parlé.

Vaguement, quelques mois plus tard, par un des directeurs de la Société des auteurs, j'appris qu'il s'était installé au Luxembourg et qu'il essayait de refaire surface.

Le bureau de Levallois fut rapidement abandonné. Où rangea-t-on les dossiers ? Je n'en sais rien. Qu'advint-il des archives, des films de la société ? Aucune nouvelle. Hervé me téléphona pour quelques formalités sans intérêt. Je lui demandai s'il avait des nouvelles récentes du producteur et de sa famille. Celle-ci, me dit-il, d'après Jacqueline, serait à l'abri quelque part en Suisse. À l'abri de quoi ? Il ne le savait pas. « Si vous entendez parler d'un boulot… », ajouta-t-il avec une sorte de timidité. Je lui promis de lui faire signe. Un chômeur de plus. Il eut le temps de me dire qu'il avait laissé tomber les claquettes.

Bernie Madoff a été condamné à cent cinquante années de prison. C'est long. À quoi pourra-t-il s'occuper pendant tout ce temps ? Oh, je ne m'inquiète pas trop : il doit avoir des souvenirs. Les souvenirs sont les béquilles de l'exil. On a vu des photographies de sa femme dans le métro, à New York. Une honte. Et dire qu'il y a des gens qui prennent le métro tous les jours ! Même le dimanche !

Ma femme trouva, par bonheur, un autre travail de traductrice et je réussis, pour ma part, grâce à un copain qui me fit signe, à entrer dans une équipe de scénaristes travaillant à une série télévisée. De l'écriture formatée, sans doute, des personnages répétitifs, des sentiments tournés au moule, mais au moins du travail, un peu d'argent et peut-être des droits d'auteur, un jour, plus tard, en cas de tournage et de diffusion. Mieux que rien.

Ainsi, nous avons pu survivre quelques mois. Vais-je persévérer longtemps dans cette aventure étrange, vais-je tenter d'aller encore de l'avant parmi tant d'embûches ? Saurai-je me faire confiance ? Ai-je en moi assez de talent, assez d'idées ? Assez de résistance à la déception, à la diversion, au mépris ?

Le scénario que j'ai écrit, et qui ne s'est pas tourné, celui pour lequel j'ai vainement quémandé mon chèque, je l'ai glissé dans un placard de la pièce où je travaille, tout en bas. Il va attendre là, dans l'ombre. Attendre quoi ? Je n'en sais rien. Qu'une nouvelle occasion croise ma route, un nouveau hasard. D'autres histoires virtuelles, qui manqueront d'un accès à la vie, viendront-elles rejoindre celle-ci ? C'est bien possible. Elles s'entasseront peu à peu, tout au long de mon existence hésitante. Les personnages que j'aurai vainement imaginés, personnages de papier auxquels j'ai tenté de donner la vie, un semblant de vie, se parleront à voix basse, se demandant dans le noir : est-ce qu'il pense encore à nous, de temps en temps ? Ou bien nous a-t-il oubliés ?

Quand j'ouvrirai le placard, entendrai-je leurs voix anxieuses ?

Est-ce ainsi que ma vie se dessine ? Suis-je né pour ça ? Je verrai bien. Il faudra bosser, naturellement. Et s'inquiéter, et mal dormir. L'expérience que je viens de vivre m'a prévenu. Pas très facile, le chemin. Traquenards partout. Et doute de soi.

*

Il y a quinze jours, rue La Boétie, j'aperçus une chienne qui de loin ressemblait à Greta II. Je m'approchais. C'était bien elle. Et Jacqueline, que d'abord je n'avais pas aperçue, la tenait en laisse. Elle marchait lentement sur un trottoir, amaigrie, s'appuyant à un mur de la main. Elle cachait ses yeux, ou les protégeait, derrière des lunettes sombres.

Elle s'arrêta devant une porte au moment où j'arrivais à sa hauteur. Je lui dis bonjour, elle me regarda sans doute sans me voir, sans même reconnaître ma voix, et elle me dit :

— Oui, bonjour, bonjour…

J'allais me faire connaître quand elle me demanda, en montrant la porte :

— Je suis bien au numéro 96 ?

Je levai les yeux.

— Oui, lui dis-je, c'est bien ici.

— Merci, monsieur…

Elle entra à tâtons, ou presque. Je remarquai qu'elle n'avait rien perdu de sa hauteur de talons. Mais son maquillage, au passage, me parut un peu sommaire, hâtif. Barbouillé à larges coups de pinceau dans une brume.

Greta II, elle, me reconnut. Comme elle ne m'avait jamais terriblement aimé, elle aboya dans ma direction, au moment où sa maîtresse la tirait à l'intérieur de l'immeuble.

Jacqueline lui dit :

— Allons, Greta, allons, tais-toi…

Elles entrèrent toutes les deux. Je ne les vis plus.

Composé par Nord Compo
à Villeneuve-d'Ascq (Nord)

Imprimé en Espagne par
CPi Black Print Iberica
en janvier 2012

POCKET – 12, avenue d'Italie – 75627 Paris cedex 13

Dépôt légal : février 2012
S21245/01